ベティ・ニールズ・コレクション

不機嫌な教授

ハーレクイン・マスターピース
東京・ロンドン・トロント・パリ・ニューヨーク・アムステルダム
ハンブルク・ストックホルム・ミラノ・シドニー・マドリッド・ワルシャワ
ブダペスト・リオデジャネイロ・ルクセンブルク・フリブール・ムンバイ

POLLY

by Betty Neels

Published by Harlequin Japan,
a Division of K.K. HarperCollins Japan, 2024

ベティ・ニールズ

イギリス南西部デボン州で子供時代と青春時代を過ごした後、看護師と助産師の教育を受けた。戦争中に従軍看護師として働いていたとき、オランダ人男性と知り合って結婚。以後14年間、夫の故郷オランダに住み、病院で働いた。イギリスに戻って仕事を退いた後、よいロマンス小説がないと嘆く女性の声を地元の図書館で耳にし、執筆を決意した。1969年『赤毛のアデレイド』を発表して作家活動に入る。穏やかで静かな、優しい作風が多くのファンを魅了した。2001年6月、惜しまれつつ永眠。

主要登場人物

ポリー・タルボット……学術書の清書係。看護実習生。
サー・ロナルド……ポリーの雇い主。古典言語の研究家。
コーラとマリアン……ポリーの双子の姉たち。
フリーダ・ハニバン……ポリーの先輩の看護実習生。
ベイツ……小児外科病棟の主任看護師。
ストックリー……小児外科病棟の副主任看護師。
サム・ジャービス……サー・ロナルドの友人。小児外科医。
ダイアナ・ジャービス……サムの妹。
ディアドレ・ゴードン……サムの婚約者。
ミセス・ジャービス……サムとダイアナの祖母。
ジョゼフ・テイラー……研修医。

1

ポリーは便箋《びんせん》一枚の手紙にゆっくりと目を走らせた。その様子を、彼女を囲んでテーブルについた家族が見守っている。いったん読み終わった手紙をもう一度読み返しはじめると、隣に座っていた少年が待ちきれずに叫んだ。「ねえ、何と書いてあったの？　早く教えてよ」

「静かに、ベン」同じように待ちかねた様子の母が、それでも落ち着いた口調で諭した。「待っていれば、ポリーがちゃんと話してくれますよ」

　ポリーは目を上げ、こちらを見つめている家族を順に見回した。両親、二人の姉、それに十二歳になる弟のベン。「採用されたわ」ポリーはぱっと笑顔を輝かせた。「仕事は月曜日から金曜日の、九時から五時までですって」

「よかったわね！」母がポリーにほほえみかけた。三人の娘の中で、見た目こそ地味だが一番頭がいいのが、二十歳になる末娘のポリーだ。コーラとマリアンの二人に頭脳は必要ない。二人ともとても美人なので、いずれ数多いボーイフレンドの中から結婚相手を選ぶだろう。中学生のベンも頭はいいが、学識豊かな学校長である父の血を引いて、古典言語になみなみならぬ興味を持ち、優等の成績で高校を卒業したのはポリーだった。口には出さないが、ミセス・タルボットはそれを喜んでいた。なぜならポリーの器量は十人並みだったからだ。少しばかり上を向いた鼻、柔らかな笑みを浮かべる大きめの口、カールせずにまっすぐな茶色の髪。背もあまり高くなく、どちらかというと体型はふくよかだ。唯一ポリーが自慢できるのは、濃いまつげにふちどられた大きな茶色の瞳だけだった。その瞳が今、輝いていた。

「お給料もたくさんもらえるのよ」タルボット家にとっては、ありがたいことだった。ベンの学費を払ったばかりで家計に余裕がない上、一家が住まうビクトリア朝様式の家は、古い配管や煙突の具合がいつもどこかしら悪く、そろそろ大々的な補修が必要だったからだ。たしかにコーラとマリアンの双子も、隣村のプルチェスターでアルバイトをしてはいる。だが二人が手にする雀《すずめ》の涙ほどの給料は、ほとんどが衣装代に消えてしまうのが常だった。

「お仕事はいつからなの？」ミセス・タルボットがたずねた。

「来週の月曜日からよ」ポリーは眉を寄せた。「八時半には家を出たほうがよさそうね。自転車で行っても二十分はかかるもの」

「ねえ、何を着ていくの？」コーラがたずねた。

ポリーは少し考えた。「やっぱりスカートとブラウスかしら。朝早いうちは肌寒いから、カーディガンをはおっていくわ」

「〝ぼろでも五月が過ぎるまでは脱ぐな〟って言うしね」ベンがことわざを引き合いに出した。

ポリーは笑顔で弟に言い返した。「まさか、まだ四月も半ばじゃないの。これから牧師さまのところへ行って、ギリシャ語の辞書を借りてくるわ。わたしの辞書はシャイロックがかじってしまったから」

やがて牧師館を訪ねたポリーは、ことの次第をモーティマー牧師に説明した。「サー・ロナルド・ワイズが、古代ギリシャ語とラテン語を比較する難しい本を書かれて、原稿をタイプで清書するアルバイトを募集なさったんです」ポリーは耳の遠い牧師に聞こえるよう、いつもは静かな声を大きく張り上げた。「新聞広告を見て応募したら、わたしが採用されました」

モーティマー牧師は、はげた頭でうなずいた。

「それはうれしい知らせだ。お父上もさぞ鼻が高いだろう」そう言って牧師はこころよく辞書を貸してくれた。

牧師館を後にしたポリーは、村で母に頼まれた買い物をすると家路についた。タルボット家は村はずれの丘の上にある。隣村へとなだらかに続く坂道をポリーはのんびり上っていった。春の日差しが暖かく、買い物かごが重かったからだ。家の手前まで来たところで、丘の上からいきなりレンジローバーが現れ、ポリーの行く手をふさぐように道の真ん中で停《と》まった。

「ウエルズ・コートはどっちかな？　サー・ロナルド・ワイズが住んでいる館《やかた》だが」運転席の男が声をかけてきた。男は礼儀正しかったが、ひどくいらだっている様子だった。そして、ひどくハンサムだった。髪と目は黒く、高いわし鼻には気品がある。ポリーは相手の顔をしげしげと眺めた。見覚えのない顔だ。どうやらこのあたりの人ではないらしい。

ポリーは愛想よくのんびりと答えた。「プルチェスターから近道をするつもりで道に迷われたんですか？　地図の上では簡単そうに見えて、実は意外にわかりにくくて遠回りなんですよ」

相手は冷ややかに答えた。「地元の道路網に関する君の意見は、聞かせてもらわなくてもけっこう。こういうのどかな村に暮らしていれば、時間は余るほどあるのかもしれないが、僕にとって時間は貴重だ。それで、ウエルズ・コートは――？」

ポリーは哀れみの目で男を見た。気の毒に。気が急《せ》くあまり、ささいなことで腹が立つのだろう。

「遠くからみえて疲れてらっしゃるのね。コーヒーでも一杯飲んで休憩なさったらいかが？」ポリーは優しく言った。「この坂道を下りきったところで左に曲がり、広場を横切ったら、教会の横の道を進んでください。一キロ半ほど行くとウエルズ・コートです」それから愛想よく別れの言葉を口にした。

相手の返事には少なからず蔑《さげす》みが含まれていたが、ポリーは気づかなかった。

新しい仕事への準備に追われ、ポリーは男のことなどすっかり忘れて、月曜日の朝には紺のプリーツスカートにコーラに借りた清楚《せいそ》な白ブラウスというでたちで、さっそうと自転車に乗って家を出た。

ウエルズ・コートに着くと、ポリーはどっしりとした正面玄関の横に自転車を停め、呼び鈴を鳴らした。男性が出てきて、感情のこもらない声で応《こた》えた。

「ミス・タルボットですね？　お待ちしていました」

彼は自転車に目をやったときにだけ、かすかに顔をしかめた。「自転車は納屋に運ばせておきます」いかめしい口ぶりで告げると、ポリーを中に通した。

以前、チャリティの一環として屋敷の一部が公開されたとき、ポリーもウエルズ・コートの中に入ったことがあった。そのときは玄関ホールとその両わきにある客間にしか入れなかったが、今日は、迎えに出てきた男性の後について、ホールの奥の廊下を通り、つき当たりにある書斎に案内された。

「おはよう、お嬢さん」サー・ロナルドは快活な声で言った。「お名前はタルボットだったかな？」

「はい。ポリー・タルボットと申します」

「君のお父さんなら知っている。なかなか学のある男だ」サー・ロナルドは、デスクの前に控えめに立つポリーを見上げた。「たしか美人のお姉さんが二人いたように思うが――君は、頭脳を手に入れたというわけだ」

これはお世辞だろうかとポリーは考え、穏やかな声で答えた。「わたしはギリシャ語とラテン語が好きなだけです。とりたてて頭がいいわけではありません」ポリーはもう少しで〝美人でもありません〟とつけ加えそうになり、思いとどまった。

「さてポリー、君には長い原稿をタイプしてもらうことになる。わたしは巻末に添える語彙《ごい》一覧を書き終えたところだ」サー・ロナルドは椅子に背を預け、遅ればせながらポリーにも腰を下ろすよう促した。「ギリシャ語とラテン語の比較と言えば――」サー・ロナルドはいささか気取った口ぶりで話しだした。「わたしの知る限り、ビートンの古語辞典にわずかに記述があるだけで、ほとんど文献がない」サー・ロナルドは肩ごしに、隣の部屋に通じるドアを顎で示した。「あちらにデスクとタイプライター、それに必要なものをそろえておいた」

ポリーは立ち上がった。「締め切りはあるんでしょうか？」

「出版社はできるだけ早く原稿が仕上がることを望んでいる。金曜日に進み具合を報告してほしい」話は終わりだとばかりにサー・ロナルドがデスクの書類に手を伸ばしたので、ポリーは示された部屋に入ってドアを閉めた。

あまり使われていない様子の小さな部屋だった。それでも大きなデスクと座り心地のよさそうな椅子があり、タイプライターの横にはタイプ用紙の束とカーボン、それにもちろん原稿一式がそろえてあった。ポリーは腰を下ろすと、手書きの原稿を読みはじめた。第一章は本の概要を述べているだけだったので、ポリーはさっそく清書に取りかかった。午前中のコーヒーブレイクと、トレイで運ばれてきた昼食を食べる間を除くと、ポリーは黙々と仕事を続けた。感じのいいメイドが洗面所に案内してくれたので、ポリーは体を伸ばす機会に恵まれたことを感謝しつつ、ゆっくり歩きながら部屋に戻った。屋敷の中はがらんと静まりかえっていた。少しの時間でもいいから外の空気が吸えたらいいのに。明日になったら、庭に出てもいいかたずねてみよう。

午後四時には第一章のタイプが終わったので、ポリーは第二章を読みはじめた。すぐに、この章は難物だとわかった。原稿を正確にタイプする自信はあったが、内容はちんぷんかんぷんで少しもわからない。五時になったので、ポリーは仕上がった第一章の原稿を書斎のデスクの上に置き、玄関ホールに出た。誰に声をかけて帰ろうかと思案していると、さっきのメイドが奥のドアから顔をのぞかせた。

ポリーはたずねた。「納屋で預かっていただいた自転車を、出してもらいたいんですけれど」

「お待ちください。すぐにお出しします」メイドが行ってしまうと、ポリーは壁ぎわに並ぶ椅子の一つに腰を下ろした。なんだか冷ややかで生活感のない家だわ。あたりを見回しながらポリーは思った。たぶんサー・ロナルドが妻に先立たれ、子どもたちも自立して遠くに住んでいるせいだろう。外に出ると ポリーはほっとして自転車に飛び乗り、家路を急いだ。

自宅に入ったとたん、焼きたてのバタートーストの匂《にお》いがポリーの鼻をくすぐった。ポリーは満足げなため息をもらした。たとえ家具がみすぼらしくても、絨毯《じゅうたん》がすり切れていてもかまわない。温かく迎えてくれるわが家にまさるものはない。ポリーは手を洗うと、家族が暖炉を囲んで紅茶を飲んでいる居間へと急いだ。

母が顔を上げた。「おかえりなさい。お仕事はどんな具合だったの？」

ポリーはバタートーストをほおばった。「気に入ったわ。最初の章は簡単だったけれど、第二章には手こずりそうよ」

ポリーは家族の質問に次々と答え、食器の後片づけを手伝うと、シャイロックを散歩に連れていくと申し出た。例によってコーラとマリアンはデートの予定があったし、ベンにはたっぷり宿題があったからだ。シャイロックは不格好な大型犬で、たっぷり運動が必要なのだ。ポリーとシャイロックはいそいそと散歩に出かけた――シャイロックはうさぎを追いかけようと意欲満々で、ポリーはもらったお給料で何を買おうかうれしい空想をふくらませていた。

だがお金をもらう前に、一生懸命に働かなければならなかった。ギリシャ語もラテン語もある程度は知っていたから、かなりの速度で仕事を進めることができたが、それでもポリーが第二章を仕上げるのに三日近くかかった。できあがった原稿を提出すると、サー・ロナルドはいかにも満足げに目を通した。

「上出来だよ、ポリー。もう次の章には取りかかったのかな?」ポリーの返事を待たずに、サー・ロナルドは続けた。「足りないものはないかい? 食事はあれで十分かな?」

「ええ、ご配慮ありがとうございます。あの……昼食の休憩のときに、少しの間なら庭に出てもよろしいでしょうか?」ポリーは口ごもった。「それから、第三章から先は、少し時間がかかると思います。原稿をていねいに読みこむ必要がありそうですので」

サー・ロナルドはうなずいた。「きちんと仕上がっていれば、それでかまわないよ。締め切りはないのだから」そう言いながらもサー・ロナルドは、矛盾する言葉をつけ加えた。「できるだけ早く頼む」

話はこれでおしまいだとサー・ロナルドが手をふったので、ポリーは部屋に戻り、第三章の原稿を一時間ほどにらんでいた。

お昼になるとポリーは急いで昼食をすませ、庭に飛んで出た。しばらく温かな日差しを堪能《たんのう》してから仕事に戻り、ギリシャ語とラテン語の固有名詞を比較しながら母音に関する長々とした説明が続く章を、また読みはじめた。半分ほど目を通したところでいきなりドアが開き、先日レンジローバーを運転していた男が入ってきた。彼はポリーを見て驚いたようだった。「これはこれは! この間会った、のんびり屋のおしゃべりさんじゃないか! ひょっとして、君がミス・タルボットかい？」

「ええ、そうです」ポリーは顔がかっと熱くなるのを感じながら、硬い声で答えた。わたしは、のんびり屋でも、おしゃべりでもないのに。誰だか知らないけれど、この男性はひどく無作法だ。

　男はつかつかと入ってくると、大きな体を折り曲げるようにしてデスクを見下ろした。「うちの養育係《ナニー》の言うとおり、世に驚きは尽きないものだな。すると君が、サー・ロナルドの原稿をタイプしている才女なんだね？」

「たしかにわたしはサー・ロナルドの原稿をタイプしていますが、才女でも、のんびり屋のおしゃべりでもありません。わたしに何のご用でしょう？」

　ポリーはタイプライターのキーに手をのせ、仕事のじゃまだから出ていってほしいという暗黙のメッセージを相手が読みとってくれるよう願った。彼はおそらくサー・ロナルドの友人で、漠然とした興味でのぞきに来ただけなのだろう。だが男はそしらぬ顔で、そこに立ったままポリーを見つめていた。

「仕事を続けてもかまいませんか？」ポリーは冷ややかにたずねた。「サー・ロナルドをお捜しなら、別の部屋へ行かれたほうがいいわ」

　ちょうどそのとき、サー・ロナルド本人が部屋に入ってきた。「ここにいたのか、サム。原稿を見てくれたかね？　なかなか頭のいい子だよ、このポリーという娘は。誰もがラテン語とギリシャ語が読めて、それをきちんとタイプできるわけではないからね」サー・ロナルドはにっこりポリーに笑いかけた。「それで思いだした。書斎のデスクに君の給料が置いてある。帰る前に持っていきなさい」

　サー・ロナルドは客の腕を取った。「ところで君に見てもらいたい本があるんだ」そう言って彼はドアのほうへ歩きだした。「よりによって、プルチェスターのうらぶれた古本屋で見つけたんだが……」

二人はポリーをふり返りもせず、部屋を出ていった。

その日の夕方、初めての給料をしっかりポケットに入れ、屋敷の玄関先で自転車に乗ろうとしているとき、ポリーは例の男に再会した。

「帰るのかい？」彼は何げない口調でたずねた。

「はい」ポリーは慇懃《いんぎん》に答えた。「失礼します」

ポリーは男から早く離れたくて、懸命に自転車をこいだ。でも、彼に会うことは二度とないだろう。レンジローバーが屋敷の真ん前に停めてあったから、これから帰るところなのに違いない。「まったく何て失礼な男なの！」ポリーはそうひとりごちたが、やがて男のことなどすっかり忘れて、ポケットのお金で何をしようかと楽しい空想をめぐらせはじめた。仕事がすべて終わるまで二カ月はかかるだろう。毎週の給料を全部貯《た》めておいて、最後に散財するのもいい。とは言うものの、新しい服も買わなければいけないし、ベンが誕生日にサッカーシューズが欲しいと言っていた。それに、いくばくかは家計の足しにしてもらわなければ。家に着くころには、ポリーはお金の使い道を決めていた。毎週少しずつ積み立てておいて、仕事が終わったら、スコットランドのマギー叔母を訪ねることにしよう。

お茶を飲みながら、ポリーは自分の計画を家族に打ち明けた。サッカーシューズをもらえると聞いてベンは大喜びだった。母も、家計への援助を喜んで受け入れてくれた。こういったことを重要視しない二人の姉は、どんな服を買うべきか、熱のこもった議論を始めた。二人の話を真に受けていたら、ポリーは使い切れないほどの服を買って、あっという間に一文なしになってしまいそうだった。それでもポリーは黙って二人のやりとりに耳を傾け、最後に、しばらくお給料は貯めておいてから買い物に行こうと提案した。「だって、仕事が終わるまでは、せっかく買った服を着る機会もないのよ」ポリーのもっともな指摘に、姉たちもしぶしぶ同意した。

週末はいつもと同じように過ぎた。土曜日は、シャイロックと散歩をし、ベンの宿題を手伝ってやり、家事をあれこれ手伝い、父とギリシャ神話について楽しく語り合った。コーラとマリアンはいつものようにボーイフレンドとドライブに出かけて留守だった。日曜日は、家族そろって礼拝に出るのがタルボット家のしきたりだった。ほかの点では鷹揚《おうよう》なミスター・タルボットが、これだけは譲らなかったからだ。一家は歩いて教会まで行くと、知り合いの誰かれと挨拶《あいさつ》を交わしながら、いつも決まって座る会衆席に腰を下ろした。ポリーが友人のおしゃべりに耳を傾けていると、姉たちに両わきから思い切りつつかれた。「ポリー、サー・ロナルドといっしょに入ってきた、あのゴージャスな男性は誰かしら？　ひょっとして、あなたは会ったことがあるの？」

「誰だか知らないけれど、会ったことはあるわ。たぶんウエルズ・コートに泊まっている人よ」

二対の瞳がまじまじとポリーを見つめた。「信じられない。あなたは――」コーラが声を上ずらせた。「彼と実際に言葉を交わしておきながら、相手が誰か何も知らないと言うの？」ちょうどそのとき、モーティマー牧師が祭壇に現れ、オルガンが賛美歌の前奏を始めたので、コーラは口をつぐんだ。

礼拝が終わり、サー・ロナルドがミスター・タルボットと挨拶を交わしたときに、ようやくコーラとマリアンはサー・ロナルドの客人をじっくり見つめる機会に恵まれた。

相手もまた、興味深そうな視線で二人を見つめ返した。双子の姉妹は一瞥《いちべつ》するだけではもったいないほどの美人だったからだ。ところが、彼がポリーに向けた視線はそれとはまったく別物だった。おかげでポリーは、自分が残りもののじゃがいも料理にでもなった気がした。

月曜日の朝、ポリーがウエルズ・コートに着いたとき、無礼な男の姿はどこにもなかった。ポリー自身、男のことはすっかり忘れていた。空はうららかに晴れ上がり、緑に息づく穏やかなグロスターシャーの風景のそこここに、耳慣れたのどかな田舎の物音が――羊や牛の鳴き声、トラクターのエンジン音、鳴きかわす小鳥の声などが――満ちている。

古代の暦を論じる章をポリーが慎重にタイプしていると、サー・ロナルドが客人を伴って入ってきた。二人は愛想よくおはようとポリーに声をかけ、背後から原稿をのぞきこんだ。「〝ムニュクロン〟。英語で四月《エイプリル》と言うより響きがいいとは思わないかね?」サー・ロナルドが口を開いた。「もちろん君はギリシャのムニュキアには行ったことがあるのだろう、サム?」

「ええ。ミス――ええと――タルボットは、原稿の内容に興味があるのですか? それとも彼女はただの清書係なのですか?」

なんて失礼な! ポリーはそう思ったが、ほめてやりたいほどの自制心を発揮してこう言った。「ムニュキアの神殿で行われる祝祭は、女神ディアナをたたえる祭りです」それからポリーは穏やかにつけ加えた。「誰だって、このくらいは知っていると思いますが、ミスター――」

サー・ロナルドが咳払《せきばら》いした。「教授とお呼びするように、ポリー。こちらはジャービス教授だ。彼はその道では大変有名なのだよ」

ポリーは大まじめでブラウンの瞳を見開いた。「まあ、そうなんですか。ご専門は何ですの?」

教授は快活な笑い声をあげた。「これは驚いた。どうやら君を見くびっていたらしい」ところが教授は不意にポリーへの興味を失ったように、顔をそむけた。「ロジャーズに電話をして、原稿の組版について確認しておいたほうがよくありませんか?」

ポリーは座ったまま取り残された。勝ち誇った気分になるはずだったのに、愚か者になった気分だった。さっきのわたしは、知識をひけらかす知ったかぶりに見えたに違いない。笑われても当然だ。

昼休みに庭で日光浴をしていると、教授がいきなり現れて、ポリーの隣に腰を下ろした。「君はこの村を出たことがないのか？　君ほどの才能があれば、大学に進学するなり、博物館のようなところで就職するなり、道はいろいろあるだろうに」

「そうかもしれません。でも、わたしは村を出たくなかったんです。田舎暮らしのほうが好きなので」

「お金は欲しくないのかい？　お金があれば、きれいな服も買えるし美容院にも行ける。若い娘なら、そういったことに興味があるだろう？」あざけりを含んだ口調にポリーはむっとした。

「もちろんわたしだって美しい服は好きです。田舎者だっておしゃれくらいしますもの」

「ところで、教会でいっしょだったのは、君のお姉さんたちかい？」

「そうです」

「二人とも美人だ。それに服のセンスもいい」

「ええ」ポリーは立ち上がった。「おっしゃるとおり、二人ともとても美人です。では、わたしはそろそろ失礼して仕事に戻らせていただきます」

腹の立つことに、教授も立ち上がって屋敷の中までついてきた。「君は本当に面白い人だな」

「あなたがどう思おうと、わたしには興味がありません」

その日はもう教授を見かけることはなかった。それどころか、その週はずっと教授の姿を見ることはなかった。ポリーは第四章のタイプを終わり、第五章にとりかかっていた。だが仕事に没頭していても、ばかにしたような黒い瞳の記憶がふっとよみがえり、心を乱されることが何度もあった。

仕事を始めて三週目のことだった。メイドがあわてふためいて仕事部屋に飛びこんできた。「大変です！　サー・ロナルドが書斎で倒れています！」

「メイクピース先生に電話して、往診をお願いするのよ」ポリーは書斎のドアを走り抜け、デスクの横に倒れたサー・ロナルドのもとへ駆けよった。

何かの発作だろう。そう思ってポリーは老人のネクタイをゆるめ、頭にクッションをあてがった。それから使用人のブリッグスに、ドクターが到着し次第、案内するようにと指示した。

それからは、まるで悪夢のような一日だった。サー・ロナルドは彼のベッドへ運ばれ、医者がさらにもう一人、看護師とともにやってきた。屋敷じゅうが大混乱に陥った。ポリーは原稿の清書は断念し、食べ物や飲み物がきちんと出されるよう気を配り、サー・ロナルドの娘と息子に連絡がいくようとりはからった。午後も半ばになって、看護師がポリーを呼びに来た。

「サー・ロナルドが少し持ち直しました。あなたに会いたいと言っておられます」

サー・ロナルドはひどく具合が悪そうで、かすれたささやき声しか出せなかった。「サムを呼んでくれ。大事な話がある。デスクに電話帳が――」

「わかりました」ポリーはいつもの落ち着いた声で答えた。「今すぐ電話してきます」

ポリーは電話帳で見つけた番号をダイヤルした。そこがどこなのかわからなかったが、ロンドンの市外局番でないことだけは確かだった。電話が通じ、深みのある力強い、今は少し事務的な声が応じたとき、ポリーにはすぐ教授だとわかった。

「ジャービス教授、こちらはポリー・タルボットです。サー・ロナルドが急病で倒れて、至急あなたに会いたいと言っておられます。今すぐ来ていただけますか？」

「一時間以内にそちらに着く」教授はそれだけ答えると電話を切った。

ポリーは自宅にも電話し、今日は帰りが遅くなるかもしれないと告げた。それからハウスキーパーに教授の泊まる部屋を準備するよう伝えた。

間もなくドクター・メイクピースが、さっきの医師を連れてもう一度やってきた。二人はしばらく診察をしていたが、やがて小さいほうの客間に入って話しこみはじめた。ポリーはドクターの話が終わるのをホールで待って、サー・ロナルドの容態をきこうと決めた。屋敷じゅうが重苦しい空気に包まれていた。何より、ドクター・メイクピースがこんな難しい顔をしているのをポリーは初めて見た。客間の前の椅子に座っていると、呼び鈴も鳴らさずにいきなりジャービス教授が玄関ホールに入ってきた。

「何が起きたか話してくれ」ポリーの姿を見るなり、教授は単刀直入にたずねた。

ポリーは憶測をはさまずに、事実だけを落ち着いた声で告げた。すべてを聞き終わると、教授はひとつうなずいた。「ドクター・メイクピースが来ていると言ったね?」

「はい」ポリーは客間のほうを身振りで示した。「もう一人のお医者さまと、あそこで話をしておられます。わたしもメイクピース先生に会おうと、ここで待っているんですが……」

「とっくに家に帰っているはずの時間だろう?」

「ええ。でも、こんなときに自分だけ帰るわけにはいきません。今夜はお泊まりになりますか? 部屋を準備するように言っておきましたけれど」

「それはありがたい」教授はいきなり向こうを向くと、客間のドアをノックして入っていった。

五分後、三人が客間から姿を現した。ドクター・メイクピースがポリーに声をかけた。

「待っていてくれてよかった、ポリー。ダイニングルームに来てもらえるかな？　ジャービス教授が君に話があるそうだ」

なぜ教授は自分の口から頼まないのだろう？　人にものを頼めないほど傲慢《ごうまん》なのだろうか。

ダイニングでは暖炉で火があかあかと燃えており、コーヒーとサンドイッチが用意されていた。

やがて二人の医者がもう一度サー・ロナルドの様子を見に行くと、教授がポリーにたずねた。「君の家の電話番号は？」

ポリーはいぶかしく思いながらも番号を答えた。教授は受話器を取ってダイヤルした。ポリーは何も説明してもらえないことに腹を立てながら、教授の言葉を聞いていた。「一時間以内に、僕がポリーを送っていきます。いくつか話しておきたいことがありますので」それからこうつけ加えた。「容態は思わしくありません。医者が今、診察中です」

ポリーは手持ちぶさただったので、もう一杯コーヒーを注《つ》いだ。相手の高飛車な態度にひどく腹を立てているのを悟られたくなくて、ポリーは目の前にある一族の肖像画をまっすぐに見すえた。

「さて、僕の話をよく聞いてもらいたい」電話を終えた教授はポリーに命じた。「話を聞き終わるまでは、口をはさまないように」

ポリーはもの言いたげな目で教授を見やると、コーヒーを一口飲んだ。

教授が真正面の椅子に腰を下ろしたので、ポリーはいやでも彼の顔を見ないわけにはいかなくなった。なんだか疲れて年をとったように見える。いささか意地悪な目でポリーは教授を見つめた。それに、相変わらず不機嫌そうだ。

「サー・ロナルドは危篤状態だ。おそらく明日の朝まで持たないだろう。さっき彼の意識が少しはっきりしたときに、僕は予定どおり本を出版することと、君に原稿の清書を頼むことを約束した。だから君には、サー・ロナルドの葬儀まではこの家で、その後は僕の家に来て清書を仕上げてもらいたい」ポリーが思わず反論しようとしたのを制して、教授は続けた。「最後まで黙って聞くようにと言ったはずだ。サー・ロナルドの著作は長年の研究の成果で、それをむだにしたくはない。僕たちが互いに好意を抱けないとしても、それはこの際しばらく忘れて、彼のために一肌脱ぐべきだ。それから――」教授はわずかにからかうようにつけ加えた。「僕の家には妹も同居している。だから若い娘が心配するようなことは起こらないと約束する」

教授は椅子の背に身を預け、長い脚を組んだ。わたしがイエスと答えるのを待っているんだわ。「よく考えて、明日の朝お返事します」ポリーは礼儀正しく、それでも冷ややかな激しさを秘めて答えた。

「返事は今すぐだ」声を荒らげるわけでもないのに、教授の声には人を従わせる威厳があった。ポリーは膝の上にそろえた手を見下ろし、まっとうな反論材料がないかと必死で考えた。何も思いつかないうちに、ドクター・メイクピースが入ってきた。

「サム、ちょっと来てくれないか」二人が出ていってしまうと、とり残されたポリーは思案に暮れた。もしサー・ロナルドが亡くなれば、教授の提案を受け入れざるをえないだろう。サー・ロナルドは親切だったし、あの本が彼にとってどれほど大切なものだったか、言われなくてもわかっている。やがて教授が二人の医師と戻ってきた。

「サー・ロナルドはついさっき亡くなった」ドクター・メイクピースが告げた。「幸いなことに安らかな最期だったよ。本が出版されるのを、彼が自分の目で見られなかったことだけが残念だ」

「ポリーは僕が送っていきます」教授が言った。「これからのことをミスター・タルボットに説明しなければいけませんから。明日の朝一番に、もう一度お会いしましょう」

「わかった」ドクター・メイクピースは教授と握手を交わした。「いい友人を亡くしたよ」

「僕もです」教授が答えた。その一瞬だけ、ポリーの目には教授が人間らしく映った。

「行こう」教授はポリーに言った。「僕の車が外に停めてある」

「わたしは自転車で来ましたから」

教授は冷ややかな目でポリーを見つめた。「明日の朝、またここまで送るから」それだけ言うと、彼はポリーをホールへ、そして屋敷の外へと追い立てた。あたりはすでに暗くなっていたが、窓からもれる明かりで、車寄せに停められているのは高級車のベントレー・コーニッシュだとわかった。教授はポリーに助手席に座るよう指示すると、運転席におさまった。ポリーの住む村まで来ると、教授は道をたずねた。

「村の広場を通り抜けて、丘を上がってください。わたしの家は、坂道を登り切る手前の左側です」

タルボット家の門はいつも開いている。車が砂利敷きの私道を通り、玄関の前で停まると、ポリーはエンジンが切れると同時に飛び降りた。玄関に父が姿を現した。「ポリー、おかえり。サー・ロナルドの具合はどうだね?」ミスター・タルボットは、ポリーの背後の暗がりに立つジャービス教授に目を凝らした。「この方に送ってもらったのかい?」

「こちらはジャービス教授よ――教授、父です」ポリーは礼儀正しく二人を紹介した。「教授はお父さんに何かお話があるんですって」

「お入りください、教授。お話をうかがいましょう」

ダイニングルームには家族全員がそろっていた。食卓にはマカロニチーズの残りと、ミセス・タルボットが作ったフルーツタルトがのっている。

誰もがいちどきに話しだしたので、ミスター・タルボットが一同を黙らせてから、教授を紹介した。

「先日、教会にいらしてた方ね」ミセス・タルボットはすぐに気づいた。「夕食はいかがです？　せめてコーヒーでも？」それからポリーを抱き寄せた。

「疲れた顔をしているわね。サー・ロナルドの具合はどうなの？」

「彼はさっき亡くなりました」教授が静かに告げた。

「ポリーのおかげでずいぶん助かりました。彼女に何か食べさせてあげてください」テーブルの向こうから教授はポリーにほほえみかけた。笑うとがらりと印象が変わって、親切で愛想よく見えた。

「残念だわ。みんなサー・ロナルドが大好きだったのに。主人と話をされる間に、せめてコーヒーでもどうぞ。ポリー、あなたは夕食をお食べなさい。コーラ、マリアン、教授にコーヒーをお出しして」

双子の姉たちはいそいそと立ち上がり、キッチンへ飛んでいった。ぐずぐずしているベンを寝室へ追いやった後、母はポリーとテーブルについた。「さあ、すっかり話してちょうだい。最初に電話をもらったときから、サー・ロナルドの容態はかなり悪いのではと思っていたのよ。お気の毒に」ミセス・タルボットはタルトを大きく切ってポリーの皿にのせた。「それにしても、教授はお父さんに何の話があるのかしら」

「実は……」ポリーは事情を説明し、母が何と言うだろうかと待った。

「それは賢明な考えね。教授は何をしたらいいか、よくご存じだわ」ミセス・タルボットは答えた。

「ところで、彼はいったい何歳なのかしら？　たぶん三十代半ばというところね。あなたは彼とうまくやっていけそう？」母はさりげなくたずねた。

「全然だめ」ポリーは率直に答えた。「わたしたち、お互いに虫が好かないみたい。でも本は出版させたいと思うし、いずれにせよ、彼と顔を合わせる必要はあまりないと思うわ。サー・ロナルドにしてもらったように、清書が終わるごとに原稿をチェックしてもらうだけだから」

「どこにお住まいなのかしら?」

「知らないわ」ポリーは口いっぱいにタルトをほおばりながら答えた。「でも、あまり遠くないはずよ。今日だって、電話をしてから一時間としないうちに駆けつけたもの」

ミセス・タルボットはテーブルを片づけはじめた。

「さあ、今日は大変な一日だったんだから、まっすぐベッドに行っておやすみなさい」

「教授に挨拶をしなくてもいいかしら?」

「別にかまわないでしょう」ミセス・タルボットは朗らかに答えた。「お互いに虫が好かないのなら」

2

翌朝、ポリーを迎えに来たジャービス教授は、冷ややかなまでに慇懃《いんぎん》だった。彼は黙ってウエルズ・コートまで運転すると、ポリーを降ろし、また車で走り去った。その日はもう、ポリーが教授の姿を見ることはなかった。それどころか、コーヒーとランチを持ってきてくれたブリッグスのほかには、ポリーは誰にも会わなかった。静まりかえった屋敷の中でポリーは黙々とタイプを打ち、五時になるとできあがった原稿を書斎のデスクに置いて家路についた。

さらに二日が同じように過ぎた。サー・ロナルドの娘と息子が屋敷に戻ってきたが、二人はポリーに会おうともしなかった。そして、その翌日がサー・

ロナルドの葬儀だった。

その日、仕事机の上に一枚のメモが置いてあった。〈話がある。仕事が終わった後、帰らずに待っているように〉メモにはS・Gとサインがしてあった。

ポリーはメモを二回読み、小さくちぎって捨てた。五時になっても当の教授が現れないので、ポリーはタイプライターにカバーをかけ、庭へ散歩に出た。

昼間はあわただしく人の出入りがあったが、ここ一時間ほどの間に、みんな帰ってしまったようだ。ポリーは静かな夕暮れの庭に腰を下ろし、自分がこれからどうなるかは深く考えまいとした。原稿を仕上げると約束したからには、その約束は果たそう。でもそれはサー・ロナルドが本の出版を心待ちにしていたからで、教授に頼まれたからではない。

やがて教授がのんびりと姿を現した。わたしなど待たせても平気なんだわと、ポリーは腹が立った。

「待たせて悪かった」教授は少しも謝罪の念の感じられない声で言うと、ポリーの隣に腰を下ろした。

「明日の朝、君を僕の家に連れていきたいと言ったら、あまりにも急な話だろうか？」

「もちろんです。わたしは何も教えてもらっていないのに。あなたの家はどこなんですか？　どのくらいの期間、滞在することになるんですか？　それに、どうやってそこに行ったらいいのか……」

「僕はイーブシャムから数キロのエルムリー・カースルに住んでいる。君にはタイプ原稿が仕上がるまで滞在してもらうつもりだ。もちろん、僕が車で君を送っていく」それから歯がみをしたくなるほど優しい口調でつけ加えた。「君の支度ができたらね」

「明日、ここにいらっしゃいますか？」教授はうなずいた。「では、そのときにお返事します」

「わかった」それ以上何も言わず、教授はポリーを家まで送り届けた。そして驚いたことに、自分も車から降りた。「君のお父さんと話がしたいんだ」

ポリーは教授を父の書斎に案内すると、キッチンへ行った。姉たちは留守だったが、ベンはテーブルで宿題をしており、母はルバーブのジャムを作っていた。「おかえりなさい。遅かったのね」

ポリーは作り置きのパウンドケーキを切った。「ジャービス教授が送ってくださったの。今お父さんと話をしているわ。明日の朝、わたしを連れていきたいんですって。いくらなんでも、そんな急には荷造りができないのに」

「あら、そう?」ミセス・タルボットは思案げに娘を見つめた。「彼はきっと早く本を出したいのよ。出版関係のお仕事をしているんでしょう?」

「知らないわ」ポリーはケーキをほおばった。

「荷造りをするだけなら、それほど時間はかからないんじゃないかしら」母は言った。「コーヒーをお出しするから、カップを出してちょうだい」

ポリーが書斎にコーヒーを持っていくと、父が朗らかな声で迎えてくれた。「ちょうどおまえの話をしていたところだよ。ジャービス教授はご親切にも、明日の午後まで出発を待ってくださるそうだ」

ポリーは教授とは目を合わさないようにして、かたわらのテーブルにトレイを置いた。「サー・ロナルドの原稿はどうすればいいかしら」

父はにっこり笑った。「教授が明日の朝、ウエルズ・コートに連れていってくれる。必要な原稿や資料はそのときにまとめればいい」

反論しようとしたポリーを、教授が冷ややかな目で制した。「タイプが早く仕上がれば、それだけ早く君も家に戻れるよ」教授は大人が幼児に言い聞かせるような、必要以上に優しい口調で諭した。

ポリーはこわばった声でたずねた。「明日の朝は何時に迎えに来てくださるのですか?」

「十時に来る。ウエルズ・コートでの作業は一時間ほどで終わるだろうから、いったんここに戻り、あらためて午後三時ごろ出発しよう」

「わかりました」ポリーはキッチンに戻った。

やがて教授が帰ると、父もキッチンにやってきた。

「教授は、おまえなら一カ月足らずで清書を仕上げられると見込んでいる。週末は家に帰ってもいいという話だった。実に親切なはからいじゃないか」

「ええ、そうね」ポリーはそっけなく答えると、荷造りをするために二階へ上がっていった。残された父は、狐《きつね》につままれたような顔で、何か問題でもあるのかと妻にたずねた。

「わたしには理想的な取り決めに思えますけれど。ポリーの才能は、埋もれさせておくには惜しいですわ」ミセス・タルボットは迷いもなく答えた。

自室に戻ったポリーは、投げやりに荷造りをしていた。まったく、腹が立って仕方がない。わたしの都合など誰も考えてくれないのだから。こうなったら一日じゅう働いて、できるだけ早く原稿を仕上げてやる。その間、教授とはできるだけ顔を合わさないようにすればいい。タイプさえ終われば、二度と彼には会わずにすむのだから。そんなことをあれこれ考えていると、二人の姉がはしゃいで部屋に飛びこんできた。二人はポリーを質問攻めにしたかと思うと、しまいにはポリーが適当にスーツケースにほうりこんだ衣類をていねいにたたみ直し、一枚だけ持っているとっておきのドレスまで詰めこんだ。

ポリーが抗議すると、コーラが答えた。「ひょっとしたら要るかもしれないじゃないの」そのうえ二人は、きれいに洗って明日の午後には返すからと、ポリーのブラウスとスカートまで脱がせてしまった。

そんなわけで、翌朝ポリーがやむなく地味なジャージーのワンピースを着ていると、迎えに来た教授から、いかにもやぼったい格好だと言いたげな冷ややかなまなざしを向けられた。二人はほとんど言葉も交わさないままウエルズ・コートに到着した。ありがたいことに、必要になりそうな参考書は前もって教授がまとめてくれていたので、ポリーは生原稿をチェックして、ページの欠落がないか確かめるだけでよかった。「原稿の整理が終わったら、ブリッグスにコーヒーを持ってこさせよう。僕はご遺族に挨拶《あいさつ》してくるが、君もいっしょに来るかい？」

ポリーは首を横にふった。サー・ロナルドは近隣のみんなに好かれていたが、彼の子どもたちは一度も村人と親しく交わろうとはしなかった。今さら彼らがポリーに会いたがるとは思えない。

教授は予想していたよりも早く戻ってきたかと思うと、〝すんだよ〟の一言とともにポリーをレンジローバーに急《せ》かした。そしてポリーの家に着くと、ミセス・タルボットのコーヒーの誘いを受けた。せっかくポリーが〝では三時にお待ちしています〟と言って、遠回しに帰ってくれと伝えたにもかかわらず。ポリーは髪を洗うからと言って席をはずし、レンジローバーが遠ざかる音が聞こえるまで、ぐずぐず時間をかけて風呂に入っていた。

二人の姉たちは約束どおり、プリーツスカートもブラウスもきれいに洗い、新品のようにプレスして返してくれた。姉たちのブラウスが何枚か積まれた上に〈必要なだけどうぞ〉というメモが置いてあり、メモの最後に〈新しい服を買いに行きましょうね〉と書き添えてあった。ポリーはほほえみながらブラウスをスーツケースに詰めた。コーラとマリアンは、なぜポリーが着るものにこだわらないのか、わかってくれたためしがなかった。ポリーには、自分が何を着ても美人の姉たちに太刀打ちできないことがわかっていた。それでも、ショッピングには行くつもりだった。あれこれアドバイスを聞いてやれば、姉たちも満足するだろう。本当は、新しい服など買ってもむだなのだ。どれほどおしゃれをしたって、誰もポリーになど目を留めないのだから。

昼食の後ポリーは、地味ながらタイピストにふさわしいジャージーのツーピースに着替え、肩まであるさえない茶色の髪をとかし、姿見に全身を映してみた。少しも美しくは見えなかったし、父が〝大人っぽく見える〟とほめてくれてもうれしくなかった。それでも、〝少し痩《や》せたんじゃないの？〟という母の言葉には、わずかに元気づけられた。

三時にベントレーでやってきた教授は、冷ややかな目でポリーを一瞥《いちべつ》しただけで何も言わなかった。

ポリーは、レンジローバーはどうしたのだろうと思いながら車に乗りこみ、両親とシャイロックに手をふった。週末に戻ってくるのはわかっていたが、それでも家を離れるのは寂しかった。ポリーは寂しさを紛らすように、これから通る道筋をたずねた。

「サイレンセスターまで一般道を通り、国道四三五号線でチェルトナムまで行ったら、エッキントンでわき道に入る。イーブシャム経由で行くこともできるが、こちらのほうが景色がきれいだ」

それから沈黙が落ちた。ポリーは必死で話題を探しながら、旅が長くかからないことをひそかに感謝した。幸いベントレーの馬力では、目的地まで四十分しかかからなかった。

エルムリー・カースルの村は、ポリーにはうれしい驚きだった。広々としたメインストリートの横を小川が流れ、白い漆喰《しっくい》の壁に黒い木材が美しい幾何学模様を描くハーフ・ティンバーのコテージが並んでいる。車は広場をゆっくりと横切り、チューダー様式の旅館の横を通ると、やがて煉瓦《れんが》造りの高い門を抜けて、大きな屋敷の前にたどり着いた。村のコテージと同じくハーフ・ティンバーで、かわら屋根と小さな窓があり、庭の花壇には春の花が咲き乱れていた。

「すてきだわ」思わずポリーは叫んだ。「ここがあなたの家なんですか？」教授はうなずいた。「それになんてきれいな花壇なんでしょう——きっと何百個も球根が植えてあるに違いないわ」

「ああ、何百個とね」教授は一言でポリーのおしゃべりを封じると、車のドアを開けた。

ポリーが車から降りるのと同時に、家の中からポリーと同年代の女性が姿を現した。

それまでポリーは、教授の妹がどんな女性か考えたこともなかった。せいぜい教授そっくりの、とがった鼻の上から冷ややかな目で人を見下ろすような、背の高い女性だろうと思っていた。だが目の前の女性は予想とはまるで違っていた。背丈はポリーと同じくらいだし、茶色い巻き毛と大きな黒い瞳の持ち主で、何より鼻はとがっていないし、唇には微笑が浮かんでいる。「ダイアナ。こちらがポリーだ」教授は簡潔に二人を紹介した。

ダイアナはポリーの手をぎゅっと握った。「がりがりに痩せた、入れ歯のオールドミスが来るんじゃないかと心配だったのよ。あなたみたいな人でよかった！　きっと楽しくおしゃべりができるわ」

「それはだめだ」教授が厳しい声で言った。「ポリーは原稿のタイプをするために来たんだから」

教授は家の中へ入ったが、ダイアナはすぐには後に続かなかった。「怖そうな口をきいているけれど、あれで本当は優しいのよ。大丈夫、あなただって休みなしに働くわけにはいかないでしょう」

教授の方針に従えば、一日じゅうタイプをしていることになりかねないと思ったが、ポリーは笑顔で答えた。「少なくともわたしは入れ歯じゃないわ」

「それに、がりがりに痩せてもいない」玄関の中から教授の声がした。「さあ、入ってくれ」

ポリーは赤面しながら、美しい玄関ホールに足を踏み入れた。床には上等のラグが敷かれ、一方の壁ぎわに蛇紋石《じゃもん》を彫り上げた美しいテーブルが、反対側の壁ぎわには、胡桃《くるみ》材の長椅子が据えられている。

「ベッシーはどこだ？」客間へ二人を案内しながら、教授がダイアナにきいた。

「お茶の支度をしているわ。先にポリーを部屋に案内しましょうか？」

教授は肩をすくめた。「好きにしてくれ」ちょうどそのとき、中年の女性がトレイを持って現れた。教授は女性に声をかけた。「ただいま、ベッシー。ジェフに、ミス・タルボットの荷物を部屋に運ぶよう伝えてくれないか」それからポリーに言った。「こちらはベッシーと言って、わが家に何年も仕えてくれているハウスキーパーで、ジェフは彼女の夫だ。何か必要なものがあれば、遠慮なく二人に言うといい」

教授は暖炉のそばの大きな安楽椅子に腰を下ろし、ダイアナが三人にお茶をいれた。これまで教授のことを、縦のものを横にもしない横柄な人だと決めつけていたポリーは、彼が立ち上がってティーカップを配るのを見てひどく驚いた。意外にマナーのわかる人なんだわと、ポリーは教授を見直した。

客間は美しかった。ポリーは目立たぬように周囲を見回し、特大のソファ、繊細な細工のほどこされた小円卓、ガラス張りのキャビネットなどに感嘆の目を見張った。部屋の両側に窓があり、柔らかなベルベットのカーテンがかかっている。カーテンと椅子のカバーは深みのある薔薇《ばら》色でそろえてあった。床には、きれいにしておくのは一苦労だろう真っ白な分厚いカーペットが敷かれていた。ドアをしきりに引っかく音が聞こえ、教授が立ち上がってドアを開けてやると、ブルテリアとオールドイングリッシュシープドッグがうれしそうに飛びこんできた。

「トビーとマスタードだ。怖がらなくてもいい。二匹とも気性は穏やかだから」

ポリーはむっとした顔で教授を見返した。「犬なら大好きです。怖くなんかありません。うちにも一匹いますから」ポリーは二匹の犬に手の匂《にお》いをかがせると、順になでてやった。

教授のことは好きになれなかったが、彼が客を迎える主人として立派であることは認めざるをえなかった。彼は巧みにその場の会話をリードし、いつしかポリーもすっかりくつろいでいた。やがてダイアナが二階の部屋を案内してくれた。

ダイアナは、ホールから上る階段を踊り場で左に折れると、二階の細い廊下を進んだ。「ここよ」そう言ってダイアナは、白く塗られたドアを開けた。部屋はゆったりと広く、美しいマホガニーの家具にはチンツのカバーがかけられ、細長い窓にはモスリンのカーテンが揺れていた。隣接するバスルームも小さいながら完璧《かんぺき》だった。ポリーはぜいたくな調度を見て、言葉を選びながら口を開いた。「なんてすてきなの――まさかこんな……」

ダイアナは、にっこり笑った。「あなたが来てくれて、わたしがどれほどうれしいかわからないでしょう。兄は一日じゅう出かけているし、寂しい思いをしていたのよ。でも、実はわたし、もうすぐ結婚するの。フィアンセのボブが外国に行っている間だけ、兄の家に同居しているのよ」

「わたしはたぶん一日じゅう仕事をしていると思うわ」ポリーは残念そうに言った。

「あなたはきっとすごく頭がいいのね。わたしなど、ラテン語は学校で動詞の変化を習ったところでつまずいてしまったのに。兄は、あなたの古典言語の知識をほめちぎっていたわ。この仕事にはもったいないくらいだって」ダイアナはくすくす笑った。

ポリーはダイアナに笑みを返した。そう言う教授は、わたしの知識を惜しみなく利用するつもりだろう。「とりあえず荷ほどきをして、仕事をする部屋へ案内してもらうわ。明日の朝一番に作業を始められるように」

「仕事熱心なのね。これまで、どこかにお勤めに出たことはあるの？」

ポリーは首を横にふった。「この仕事が終わったら、そういうことも考えてみるわ」

荷ほどきをしながら、ポリーは勤めに出ることをあらためて考えてみた。自分にできそうなことは多くなかった。教職に就くのは問題外だったし、ブティックで働けるほどファッションの知識もない。計算も苦手だから、事務や銀行の仕事も無理だろう。ポリーはとりあえず思いわずらうのはやめて、わずかな荷物をかばんから出すと、階下に向かった。

教授はポケットに手を突っこんで、開け放した玄関扉の横に立っていた。その後ろ姿は、ひどくいらだっているように見えた。

「仕事をする部屋へ案内しよう」教授は単刀直入に言った。「必要なものはジェフが運んでくれた。僕は今夜出かけるが、夕食は八時にダイアナと食べてくれ。ここにいる間は、普通のオフィス勤めと同じように、九時から五時まで働くといい。僕は日中ほとんど家にいないので、毎日、仕上がった原稿を書斎のデスクに提出してくれると助かる」

二人はホール奥のドアから小さな部屋に入った。家具は少なく、デスクが一つに椅子が一つ、ファイリングキャビネットと本棚があるきりだ。デスクのタイプライターの横には、手回しよく原稿とタイプ用紙が並べてあった。

「ふだん家計の処理などを行う部屋だ。君の仕事中には、誰も邪魔をしないように言っておく」教授は簡潔に話し、さっとうなずいた。「では、また明日の晩に」

ポリーはとまどったように目をしばたたいた。

「今すぐ始めたほうがよろしいですか？」おずおずとした声に、教授はふり返った。

「君はそのために給料をもらっているのだろう？」

ポリーはかっとなって言い返したくなるのをこらえ、デスクにつくとタイプライターを調整した。教授はしばらくその様子を見ていたが、ポリーがタイプを始めるのを機に部屋を出ていった。

「人使いの荒い暴君ね！」ポリーは閉まったドアに向かって言い放った。とたんに彼女は小さな悲鳴をあげた。ドアが開いて、教授の顔がのぞいたからだ。

「土曜日にウエルズ・コートに行く用事がある」教授は何食わぬ顔で言った。「僕といっしょでかまわなければ、家まで送ってあげよう」

ポリーが何も言えないうちに教授は行ってしまった。ポリーはタイプを再開した。さっきの言葉はきっと教授の耳には届かなかったのだろう。もし聞こえていれば、教授だって何か一言言ったはずだ。

ポリーは一心不乱に仕事を続けた。やがてジェフが、あと三十分で夕食だと告げに来た。「お夕食はダイアナさまとお二人ですので、着替えていただく必要はないとの仰せです」

ポリーは部屋に戻り、手早く身づくろいするとダイアナの待つ客間に向かった。ダイアナはソファでグラビア雑誌を広げていた。ダイアナは、食前酒がサイドテーブルにあるわと言ってから、服の相談にのってほしいとポリーに持ちかけた。「遠縁の赤ん坊の洗礼式に出席しなくてはいけないの」ダイアナはポリーに『ハーパーズ・アンド・クイーン』誌を手渡した。「このグレイのドレスはけっこういいと思わない？　これならあまり高くないし」

ダイアナの言葉に、ポリーは口をあんぐりと開けた。ダイアナが指さしたドレスには五百ポンドの値がついていたからだ。ショックから立ち直ると、ポリーは如才なく答えた。「とてもすてきだわ。それに、グレイは何にでも合わせやすい便利な色よ」

「便利な色？」ダイアナは驚いた顔できさかえした。

「とにかく、ちょっと町まで出かけて見てくるわ」

シェリー酒を飲み終えたポリーは、思い切ってたずねた。「あなたはよく社交の場に出るの？」

「ええ。でも、退屈な晩餐会《ばんさん》もあるし、ディアドレも――兄のフィアンセよ――彼女の両親も、いっしょにいて少しも面白くないの。どうしてサムはディアドレにがまんできるのかしら」

「あら」ポリーは答えた。「愛する相手の欠点なら、気にはならないものよ」

「サムは彼女を愛してなどいないわ。あの二人は都合がいいから婚約しているだけよ。もっともサムは、結婚すればディアドレが変わると期待しているのかもしれないけれど。たしかに美男美女で釣り合いのとれたカップルよ」ダイアナはソファから飛び下りた。「おなかがぺこぺこだわ。食事にしましょう」

にぎやかな家族に囲まれて、コテージ・パイやフルーツタルトなどを食べ慣れているポリーにとって、ここのディナーはひどく格式の高いものに感じられた。立派なダイニングルームの中央に据えられた大きな楕円《だえん》のテーブルを、背もたれの高い椅子が囲んでいる。白いダマスク織りのテーブルクロスの上には銀のカトラリーやクリスタルガラスが並び、給仕される料理も、家族の誕生日祝いにプルチェスターのホテルで食べるディナーより、格段に上等でおいしかった。ダイアナが旺盛《おうせい》な食欲を見せたので、おなかが空いていたポリーも食事を堪能《たんのう》した。

食後、二人は客間に戻ってコーヒーを飲んだ。ポリーはしばらくダイアナのドレスの相談にのっていたが、やがて残念そうに言った。「仕上がった原稿を書斎のデスクに置いておくよう、教授から言われているの。書斎がどこか教えてもらえるかしら？」

「客間からホールに出たら、向かい側の真ん中のドアよ」ダイアナはにっこりほほえんだ。「おやすみなさい。おしゃべりの相手ができて本当にうれしいわ。また明日、朝食のときに会いましょう」

ポリーもおやすみの挨拶を返し、ふと思いついて朝食は何時かとたずねた。

「わたしは九時ごろに朝食をいただくの。もし朝早くから仕事を始めるつもりなら、あなたも九時まで待ってわたしといっしょに食べてくれる？　それはそうと、朝は何時に起きるつもりなの？　お望みの時間にあなたを起こすようメイドに伝えておくわ」

ポリーは七時半に起こしてほしいと答えた。そうすれば、仕事を始める前に少し庭を散歩できるかもしれない。「教授とは、普通のお勤めと同じように、一日に八時間働くという約束なの」

「サムの言いなりになってはだめよ。それでは、まるで奴隷じゃないの」

こんなぜいたくな暮らしのできる奴隷がいるだろうか。部屋に戻り、ふかふかのカーペットを裸足《はだし》で踏みしめながらポリーは考えた。ポリーは浮き浮きした気分で湯気の上がるバスタブに身を沈め、こんな立派な家に住み、毎日あんなディナーを食べる生活はどんなだろうと考えた。きっととても退屈に違いない。いいえ、そんなことはないわ。ポリーは考え直した。教授がそばにいれば、退屈することはけっしてないだろう。ポリーはそれから、教授のフィアンセという女性について思いを巡らした。ダイアナは彼女がきらいらしいが、ダイアナと教授は年齢が離れているから価値観が違うのかもしれない。きっとフィアンセの女性は教授にぴったりで、こんな屋敷を管理する術《すべ》も知っていれば、時と場合に応じてドレスを着こなすことも、仕事から帰ってきた教授と知的な会話を交わすこともできる女性なのだろう。もっとも、教授の仕事が何なのかは、いまだによくわからなかった。きっと出版に関する仕事に違いない。ぜいたくなオフィスに座った教授が、インターコムで人を呼びつけている場面が頭に浮かんだ。そのとたん、原稿を書斎に持っていくのを忘れていたのを思いだした。ポリーはあわてて浴槽を出ると、柔らかなタオルの肌ざわりを楽しむ余裕もなく体をふき、ネグリジェの上にガウンを羽織って、一階に下りた。家の中は静まりかえっている。ポリーは仕事部屋から原稿を取ってくると、ダイアナに教えられたドアをそっと開けて、中に飛びこんだ。

ところが、部屋の中では教授がデスクで何か書きものをしていた。「まあ、ごめんなさい。まさかあなたがいるとは思わなかったので」ポリーは言った。

「そのようだな」教授はポリーの頭のてっぺんから足の先までじろじろ眺めると、唇の端に笑みを浮かべた。ポリーはちょっと不愉快だった。今のわたしはひどいありさまに違いない。風呂上がりで、濡《ぬ》れた髪は乱れたままほつれているし、木綿のごわごわしたガウンは不格好にウエストで縛っただけだ。

「仕上がった原稿を出すのを忘れていたんです」

ポリーはきれいにタイプされた原稿をデスクにたたきつけるようにして置くと、おやすみの挨拶も忘れて部屋へ駆け戻った。「幸先《さいさき》がよくないわね」髪をとかしながらポリーは、鏡に映る自分に言った。

翌朝ポリーは、朗らかなメイドの声で目を覚ました。朝食まで間があることはわかっていたので、トレイで運ばれた紅茶とビスケットはありがたく平らげた。窓の外では太陽が輝いている。一瞬ポリーは、ここが自宅だったら今すぐ庭に出られるのにと思った。でも大急ぎで服を着たら、少しは庭を散策できるのではないだろうか？　ちょっと庭に出るくらいなら、誰にもとがめられないはずだ。ポリーは急いで身支度を調え、簡単に化粧をした。

足音を忍ばせて一階に下りると、玄関のドアは開いていた。誰が見ているわけでもないのに、ポリーは一瞬ためらい、それから家の横手を回る小道をたどり始めた。道は屋敷の裏手に続いており、広々とした芝生に出た。ポリーは花壇に囲まれた芝生を一周すると、今度は生け垣のほうへ歩いていった。生け垣に入ってしばらく行くと、犬の吠《ほ》え声と教授の声が聞こえてきた。トビーとマスタードが主人と朝の散歩をしているらしい。ポリーはあわてて来た道を引き返し、そっとふり返った。二匹の犬を連れた教授が、のんびり歩み去るところだった。ポリーは大急ぎで屋敷に戻ると、すぐにタイプライターの前に腰を下ろした。別に後ろめたく感じる必要などないのよ。ポリーは自分に言い聞かせた。わたしだって、外の空気を吸う権利くらいあるはずなのだから。半ページほどタイプしたところで、教授が散歩から戻ってきたらしく、やがて車が走り去る音が聞こえてきた。教授が出勤したのだ。「いってらっしゃい！」ポリーはまだ怒った声で独りごちた。

黙々と仕事をこなすうちに、やっと九時になった。おなかがすいて朝食が待ち遠しかった。ダイニングでは、ダイアナがすでにテーブルについて手紙を読んでいた。だがダイアナはすぐに手紙を下ろした。

「おはよう、ポリー。ずいぶん早くに起きたんでしょう？　あなたとサムならきっと馬が合うわ。二人とも早起きで仕事の虫なんだもの。さあ、座って。朝食はポリッジでもグレープフルーツでもベーコンエッグでも、何でもお好みのものをどうぞ」

ポリーは遠慮なくポリッジとベーコンエッグを頼んだ。ダイアナは快活に話しつづけた。「残念だわ。あなたの仕事がなければ、いっしょにイーブシャムに行けるのに」ダイアナはかわいく口をとがらせた。「昼食はいっしょに食べられるけれど、夜はまた出かけなければいけないの。ディアドレの両親が晩餐会を開くので、おまえも出席しろとサムに言われたから」ダイアナはコーヒーのおかわりを注《つ》いだ。「サムがディアドレと結婚したら、たとえボブがまだ帰国していなくても、わたしはこの家を出るわ」

「ボブはいつ帰ってくるの？」

「ボブの話では三カ月後の予定よ。そうそう、ディアドレったら、夏至《ミッドサマーデー》に結婚式を挙げるのがいいと思いこんでいるの。サムはディアドレのどこが好きになったのかしら」

「好きなところがあるからこそ、結婚しようと思ったのでしょう?」

「ディアドレが兄を上手に丸めこんで婚約にこぎつけたのだとしても、わたしは驚かないわ。もっともサムは、ディアドレが釣り合いのとれた花嫁だと言っていたけれど」不意にダイアナはにっこり笑った。「わたしとボブはまるで釣り合わないのよ。でもそんなことは、どうでもいいことよね?」

ポリーにはよくわからなかったが、わかったような顔でうなずくと、そろそろ仕事に戻ると告げた。

ポリーは午前中ずっと仕事をし、ダイアナと昼食をとった後で、またタイプライターの前に戻った。この調子でいくと、今日じゅうにこの章を仕上げられそうだ。教授もダイアナも出かけてしまうのなら、夕食の後で次の章にとりかかれるかもしれない。

お茶の時間にダイアナが仕事部屋に顔を見せた。

「一日じゅう仕事をするつもり? お茶にしましょうよ」

ポリーはありがたく休憩することにした。もともと体を動かすことが好きだったので、本当はたっぷり散歩がしたかった。「でも、わたしは原稿をタイプをするためにここに来たんだもの」ポリーは分別くさく自分に言い聞かせた。

ポリーは三十分だけ休憩すると、再びタイプライターの前に戻った。まだかなりの分量が残っている上に、手を止めて調べ物をしなければいけないこともたびたびだったが、それでもポリーは今夜じゅうにこの章を仕上げようと意欲満々だった。ローマ神話とギリシャ神話の比較に没頭していると、〝どう、似合ってるかしら?〟というダイアナの声がして、ポリーははっと目を上げた。とたんにポリーは、ダイアナのイブニングドレス姿に目を奪われた。柔らかくプリーツを取った紗《しゃ》のスカートと、小さなビーズをびっしりとあしらったボディスは、もともと美人のダイアナの美しさをさらに引き立てている。

「とってもすてき」ポリーは言った。「晩餐会には、いつもこんなにドレスアップして出かけるの？」

ダイアナは驚いた顔を見せた。「ええ。とくにデイアドレも出席するときはね。ディアドレは自分こそがファッションの女王だと思っているから、こちらも負けずにおしゃれして張り合うのよ。あなたはおしゃれが好きじゃないの？」

ポリーは首を横にふった。「もちろん好きよ。でも家事手伝いのわたしにドレスは必要ないの。実を言うと、ドレスは一枚しか持っていないのよ」

ダイアナが目をぱちくりさせた。「そのドレス、うちに持ってきた？」

ポリーは一瞬どう答えようかと迷った。「ええ。姉たちが無理やり荷物に入れてくれたの。本当は持ってくるつもりはなかったんだけれど――まさか教授やあなたといっしょに食事をいただくとは思ってもいなかったから」

「まあ、どうして？」ダイアナは何か言いたそうな顔だったが、ちらりと棚の上の時計に目をやって、あわてて話を切り上げた。「大変、もうこんな時間だわ。サムはきっとかんかんよ。夕食の後に映画が観《み》たければ、ホールの奥の小部屋にテレビがあるわ」ダイアナはドアに急いだ。「また明日ね」

ポリーはしばし仕事の手を止め、自分がダイアナの立場だったらどんなにいいだろうと夢想にふけり、やがてサー・ロナルドの原稿に戻った。仕事に集中していたので、車が走りだす音にもほとんど気づかなかった。ようやく最後のページに取りかかったとき、ベッシーがやってきて、あと十分で夕食です、食前酒が客間に用意してありますと告げた。

ポリーの家では、誰かの誕生日やクリスマス、夕食に客があるときくらいしか、食前酒を飲むことはなかった。ポリーは部屋に戻り、化粧を直して髪をとかすと、立派な客間で食前酒を飲み、一人きりのディナーを食べた。どの料理もすばらしかった。スープ、白身魚のフライ、ポテトのクリームあえとアスパラガスが付け合わされたラムチョップ。ポリーはジェフが注いでくれたワインを飲み、パンケーキにクリームを添えたデザートまで食べた。明日こそはたっぷり散歩をしよう。さもないと太ってしまう。コーヒーを飲み終えると、ポリーは仕事に戻った。

時計が九時半を打ったとき、ポリーは最後の単語をタイプしているところだった。ポリーは大きなあくびをもらした。でも、ここで終わるわけにはいかなかった。万一、間違いがあったら、教授の鋭い目が見逃すはずがない。タイプミスがないか、読み直しておかなくては。結局、原稿のチェックに一時間以上かかり、ポリーはあくびをかみ殺しながら、束ねたタイプ用紙を書斎へ持っていった。さすがに今夜は次の章に取りかかるのは無理だろう。ポリーが書斎を出るのと同時に、玄関の扉が開き、ダイアナと教授、それに見知らぬ若い女性が連れだって入ってきた。

教授はしかめ面だった。また何かに腹を立てているらしい。ポリーは穏やかな声で、おかえりなさいと声をかけた。

「なぜまだやすんでいないんだ?」教授が詰問した。

「きりのいいところまで仕上げてしまいたかったんです。できあがった原稿は、書斎に置いておきました」ポリーはダイアナと笑みを交わすと、もう一人の女性に目を向けた。彼女がきっとディアドレだろう。面長で背が高く、黒髪をきれいに結い上げて、痩せすぎと言ってもいいくらいほっそりしている。

いくらデザインがエレガントでも、体にぴったりしたシースドレスは、こんな痩せぎすの女性には似合わないわ、と内心ポリーは思った。

ダイアナが言った。「こんな時間まで仕事をしていたの？　ちゃんと夕食は食べたでしょうね？」

「ええ、もちろんよ。それじゃ、おやすみなさい」

ポリーは三人にほほえみかけると、歩きはじめた。

「ちょっと待ってくれ」教授が声をかけた。「ポリー、こちらが僕のフィアンセのディアドレ・ゴードンだ。ディアドレ、こちらがサー・ロナルドの原稿をタイプしてくれているポリー・タルボットだ」

ディアドレは冷ややかな目でポリーを見た。「はじめまして。ずいぶんつまらなそうなお仕事ね」

「少しもそんなことありません」ポリーは明るく答えた。「それどころか、とても面白いですわ」

ディアドレは玄関ホールを見渡すと、わずかにあざけりのこもる声で言った。「こんな豪華な環境で働ければ、それは面白くも感じるでしょう」

「どこで働こうが、仕事は仕事です」ポリーは穏やかな声で答えた。「失礼します」

ポリーは背筋を伸ばしてゆっくりとホールを横切ると、自分の部屋に戻った。自分が着ているのがドレスではなく仕事着のスカートとブラウスであることや、髪がほつれていることを、いやでも意識せずにはいられなかった。

部屋に戻るとポリーは靴を脱ぎ捨て、バスタブにお湯を張った。「まさに教授にお似合いの、高慢ちきな女だわ」鏡を見ると、悔しいことに髪は思った以上にぼさぼさで、しかも鼻の頭が脂で光っていた。

ポリーはゆっくりとお湯につかり、今夜はすぐには寝つけないだろうと、ナイトテーブルから本を一冊取ってベッドに入った。ところが、五分もたたないうちにぐっすりと眠りこんでいた。

3

一晩ぐっすり眠って元気になったポリーは、翌朝八時にはさっそく仕事にとりかかっていた。幸い、次の章はギリシャとローマの度量衡やお金の単位を比較したもので、ポリーにはなじみのある内容だった。快調に仕事を進めていると、いきなりドアが開いて教授が入ってきた。ポリーはタイプする手を止め、おはようございますと挨拶《あいさつ》した。

教授の〝おはよう〟は、冷ややかだった。教授は怒った顔でつかつかとデスクに歩み寄ると、のしかかるようにポリーを見下ろした。「たしかに僕は、サー・ロナルドの原稿をできるだけ早くタイプするようにと言った。だが、奴隷のように働けと言った覚えはない。仕事は九時から五時と決めたはずだ。それなのに君は、こんなに早くからタイプライターの前に座っているのか？」教授の声は険悪だった。「しかも、いつも夜遅くまで仕事をしているのはどういうわけだ？　不格好なガウン姿で屋敷の中をうろついたり、昨夜にいたっては……」

教授は言葉を切り、高い鼻の上からポリーをにらみつけた。だが教授が続きを言う前に、ポリーは口を開いた。「昨夜は夕食の後、テレビで映画を観《み》ていて遅くなったんです。今朝は九時からダイアナといっしょに朝食をいただく予定なので、今から仕事を始めると、ちょうどいいんです。ですから心配はご無用です」ポリーはにっこりほほえんだ。

それでも教授は難しい顔でポリーをにらんでいた。「昨日は少しでも屋敷の外に出たのか？」

「いいえ。実はそのことでお願いがあるんです。ときどき庭を散策してもかまわないでしょうか？」

「もちろんだ。むしろ、休憩のときは外に出て運動するほうがいいかもしれない。納屋に自転車があるから、よければ使ってくれ」

「ありがとうございます！」

教授はとても言いにくそうにつけ加えた。「ここにいる間は、君には楽しく過ごしてほしい」

ポリーはびっくりした表情を見せた。「楽しむ必要がどこにあるんです？　わたしは仕事をするためにここに来ているんですよ。では、そろそろ仕事に戻らせてもらいます」

教授は何も答えなかったが、その目が面白そうにきらりと光った。だがサー・ロナルドの読みにくい手書き原稿を解読しようと下を向いていたポリーは、それには気づかなかった。

朝食のときに、ダイアナが昨夜の報告をした。

「最低の晩餐会《ばんさん》だったわ」ダイアナは一言で切って捨てた。「一番ひどかったのがディアドレの両親で、サムのことを〝ぼうや〟なんて呼ぶのよ。そのたびに兄が歯がみするのが聞こえるようだったわ。どうして、あんな仕打ちにがまんできるのかしら」

「ディアドレを愛しているからよ」ポリーは言った。

ダイアナはまさかとばかりに大きな瞳を見開いた。「違うわ。サムもさすがにあの歳《とし》になると、そろそろ身を固めようと焦りだしたのよ。理想の女性が現れなかったので、とりあえず釣り合いのとれる相手で手を打ったわけ」

「なんて打算的なの」ポリーは手厳しかった。「女性との出会いはいくつもあったでしょうに」

「ええ、でも誰とも長続きしなかったの。サムにぴったりの女性が現れることを祈るばかりよ」ダイアナはトーストにバターを塗りながらため息をついた。「彼はきっとすばらしい夫になると思うのに」

ポリーは口の中であいまいな返事をした。ポリーなりに教授の人柄については思うところがあったが、それを口にするのははばかられたからだ。

やがてポリーは仕事部屋に戻り、サー・ロナルドの原稿のタイプに没頭した。

一時間ほど後、ダイアナが昼食に出かけるからと、部屋をのぞきに来た。「お茶の時間には戻るわ」

ダイアナが去った後には、エレガントなドレスの残像と香水の香りが残った。ポリーはしばし仕事の手を止めて考えた。この仕事が終わったら、おしゃれな服を買って、コーラとマリアンに化粧のしかたを教えてもらおう。そう心を決めたとたん、家事手伝いをしながらアルバイトが舞いこんでくるのを待つ暮らしはいやだという気持ちがこみ上げてきた。何か人に役立つことがしたい、充実した日々を送りたいという、漠然とした思いが心の奥にわだかまっている。だがポリーはとりあえず今は考えるのはやめた。原稿が仕上がれば考える時間はたっぷりある。

昼食の後で庭に出たポリーは、敷地が思っていた以上に広いことに気づいた。家の裏手は、手入れの行き届いた花壇や芝生の先に、なかば自然にまかせた庭が広がっている。小川を渡れば古びた門があり、その向こうにこぢんまりした雑木林があった。ポリーは魅せられたように見つめた。屋敷に戻る途中で、大きなプールがあるのまで見つけてしまった。夏の朝早くにこのプールで一泳ぎしたら、どれほどすばらしいだろう。

お茶の時間までにポリーはかなりの量の仕事をこなし、お茶を飲んだ後もそそくさと仕事に戻った。今タイプしている長い章を、今日じゅうに半分は終わらせておきたかったからだ。

それでも、今朝教授に言われたことを覚えていたので、ポリーは六時になるとタイプライターにカバーをかけ、自分の部屋に戻った。それからシャワーを浴び、迷った末に、毛羽のあるコットンドレスに着替えた。既製服だが、値段のわりに美しいのが取り柄だ。まだ七時だったので、ポリーはワンピースの上にカーディガンをはおって、そっと庭へ出た。

美しい春の夕方だった。ポリーは裏庭の雑木林に入ってみた。林の中はとても静かだった。ポリーは鳥の声に耳を澄ませながら、歩を進めた。家のすぐそばにこんなに心の落ち着く場所があって、教授は幸せだ。もっとも教授には、その幸せを享受するつもりも、味わう時間もないのかもしれないけれど。

だがそれは思い違いだったらしい。林の中ほどまで入ったところで、マスタードとトビーがさかんに吠《ほ》えながらポリーのほうへ駆けてきて、その後ろをのんびり教授が歩いてきたからだ。

「やあ、こんばんは」そう言って教授はポリーと並んで歩きはじめた。「一日たっぷり働いた後の散歩は格別だね」たっぷり働いたのが、教授のことか彼女のことかわからなかったが、ポリーはうなずいた。

「どうやら仕事は順調に進んでいるらしいね。僕たちのゴールまで、あと何章だい?」

〝僕たち〟という言い方には引っかかったが、どうやら今夜の教授は機嫌がいいようなので、ポリーも答えた。「あと六章と巻末の語彙《ごい》一覧だけです」

「すると、完成まであと三週間くらいか」

「一生懸命がんばります。ひょっとしたら、もう少し早くできあがるかもしれません」

「この仕事が終わったら、その後はどうするか決めているのかい?」

ごく何気なくたずねられたので、ポリーも素直に答えていた。「いいえ。何かしたいとは思っていますが、具体的には決めていません」

分かれ道で、教授は優しくポリーの腕に手を添え、左の道へ導いた。「こちらの道の先には小川があるんだ。川べりを通って屋敷に戻ろう」

二人は澄んだ水が音をたてて流れる小川のほとりにたたずんだ。時折、はたねずみが浅瀬に飛びこむ音も聞こえる。「朝早くここに来ると、翡翠《かわせみ》の姿が見られるんだよ」やがて教授は、一心に川を見つめているポリーをうながした。「そろそろ帰ろうか」

ディナーでは話がはずんだが、相変わらず教授の仕事については、ポリーにはわからないままだった。客間でコーヒーを飲んでいるときに、教授が言った。

「土曜日にウエルズ・コートに行く用事がある。早朝でよければ、家まで送っていってあげよう」

「ありがとうございます。早朝とは何時ごろでしょう?」

「午前七時だ。朝食の前には出発する」

「わかりました」ポリーはコーヒーを飲むと立ち上がった。「おやすみなさい」

それから金曜日の夕方まで、ポリーが教授の姿を見ることはなかった。その日、ポリーが章を一つ仕上げ、タイプ用紙をまとめていると、ベントレーの音が聞こえてきた。ポリーは教授が二階に上がる足音を確かめてから、書斎のデスクに原稿を置いて仕事部屋に戻った。月曜日にすんなり仕事に取りかかれるよう、次の章に軽く目を通しておこうと思ったからだ。次の章は長く、ギリシャとローマの文学を論じたものだった。固有名詞も頻出するので、タイプをするのに手間がかかりそうだ。この章を含め、あと五つ章が残っている。もう少し仕事の時間を延ばそうとポリーは決心した。教授も、早く原稿が仕上がるのを望んでいるようだったもの。毎日、顔を合わすわけではないが、きっとわたしのような者が屋敷にいるのはうんざりなのだ。そんなふうに思われているなら、できるだけ早く仕事を仕上げるわ。

きりのいいところまで読み終わったときには、もう八時近かった。シャワーを浴びて着替えるのに十分しかない。あわてて階段を駆けのぼったポリーは、ディナージャケットを着て正装したジャービス教授にぶつかりそうになった。「すみません、原稿を読んでいて遅くなりました……今日仕上がったタイプ原稿はデスクに置いてあります」

教授は長い腕を伸ばしてポリーをつかんだ。「仕事は五時までと言っておいたはずだが？」

「ええ。いつもは五時に終わるよう心がけています」ポリーはにっこりほほえんだ。「楽しい夜をお過ごしください」

教授は手を放した。「君もだ」

翌朝、時計が七時を打つのと同時にポリーは玄関ホールに下りていったが、教授はすでに待っていた。謝ろうとしたポリーを教授が制した。「僕のほうが早かったんだ。犬と散歩をしてきたので」

さわやかな五月の朝だった。ポリーは最新のはやりではないが、彼女によく似合うジャージーのシャツワンピースで車に乗りこんだ。今朝の教授は機嫌がよく、セーターとスラックス姿だったので、いつもよりは親しみが持てた。二人は気の向くままにあれこれ話をしたが、ふとポリーは、教授自身については何も聞いていないことに気づいた。ポリーは詮索《せんさく》好きではなかったが、不意に教授のことをもっと知りたいという強い思いにとらわれた。家に到着する手前で思い立って教授を朝食に誘ったのは、そのせいだったのかもしれない。教授は喜んでポリーの申し出を受けてくれた。

タルボット家の全員がテーブルを囲み、ベーコンエッグやマーマレードトーストを食べながら、いちどきにしゃべりだした。大人数なので、大きなティーポットいっぱいのお茶もまたたく間になくなってしまう。屋敷の静けさやエレガントな銀のコーヒーポットを思い出し、教授は楽しそうに見えるけれど本当に楽しいのだろうかとポリーは思った。だが、教授はどうやらすっかりくつろいでいるらしく、食事が終わるとミスター・タルボットの書斎へ行ってしまった。ポリーはカップを片づけながら、いぶかしげに言った。「驚いたわ。一刻も早くウエルズ・コートに行きたいようなそぶりだったのに」

「そう」ミセス・タルボットは思慮深く答え、それからたずねた。「フィアンセの女性は、なぜいっしょに来なかったのかしら？」

「知らないわ。出発が朝早かったからじゃない？」

「恋をしているときは、時間など気にならないものよ」ミセス・タルボットは皿を洗いながら言った。「でもフィアンセのディアドレは、そういうタイプじゃないの。ものすごくスリムで、いつも完璧《かんぺき》にめかしこんでいるわ。何だか虫の好かない女性よ」

「そうでしょうとも」だが母の思わせぶりな台詞《せりふ》は、ポリーの耳には聞こえていなかった。書斎を出た教授と父が、キッチンにやってきたからだ。

「日曜日の晩、七時ごろに迎えに来る」教授の声は愛想がよかったが、どことなくよそよそしかった。

教授が帰ると、コーラとマリアンが口々に叫んだ。

「ポリー、たとえ彼が婚約中でも、あんなすてきな人といっしょに暮らせるなんて運がいいわ！　今からプルチェスターに行って、新しい服を買わないと。今着てるのは、もう二年も前の服じゃないの」

ポリーは先のことを考えて、使うお金は半分にして貯《た》めるから、服を買うならふだん着られるものにすると姉たちに念を押した。

昼までには、ポリーは使う予定のお金をすべて使い果たしていた。姉たちのおめがねにかなってポリーが買ったのは、淡いピンクのコットンブラウスとスカートのセットに、クリーム色の袖《そで》なしワンピースと虹《にじ》色のニットジャケットのアンサンブル、それに派手な色合いのサンダルだった。どれも、いつものポリーなら選ばない品だ。コーラとマリアンは黙って目を見交わした。ようやく妹もおしゃれに目覚め、きれいな服で着飾りたくなったらしい。ナイトガウンが分厚すぎるから新調したいとポリーが言ったときも、二人は何もきかずにアプリコット色の薄手のガウンを勧め、その上、そろいのスリッパを買うために、なけなしの財布の中身を提供することさえした。だが帰る道すがら、遠回しに妹に探りを入れた二人は、ポリーが教授とはめったに顔を合わせず、しかも会えば口論になると聞いてがっかりした。

「だから、できるだけ早く仕上げようと思っているの」ポリーは熱をこめて語った。「たしかにお屋敷は立派だし、使わせてもらっている部屋もすてきよ。食事だっておいしいし、ダイアナとも仲よくなったわ。でもジャービス教授はいつも、わたしなどいなければいいのにという目でこちらを見るのよ」

コーラとマリアンはまたしても目を見交わし、今度はディアドレのことをたずねはじめた。二人の巧みな質問にポリーはすらすらと答え、初対面の場でディアドレにどんないやみを言われたかまで白状した。

「なんだか教授に合うタイプじゃなさそうね」コーラが思案げに言った。「いったいディアドレはどんな手を使って教授をからめ捕ったのかしら？」

「からめ捕ったですって？　教授みたいな人をからめ捕ることはできないわ」ポリーは断言した。

「すごく頭のいい男性に限って、抜けているところがあるものよ」マリアンが言った。

あっという間に日曜日の午後になった。ポリーは新しく買った服をかばんに入れ、シャイロックと散歩に出かけ、腰を下ろして教授を待った。教授は七時きっかりにやってきて、すっかり打ちとけた様子でポリーの家族と世間話をしたかと思うと、ポリーをベントレーに押しこんだ。ポリーは家が見えなくなるまで手をふった。

「週末は楽しかったかい？」教授がたずねた。

「ええ、とても。あなたもですか？」

「僕はサー・ロナルドのために、いくつか片づけなければいけない用件があってね」

「まあ、ごめんなさい。それでは、楽しい週末とは言えませんね」

「君にとって、楽しいとはどういうことだい、ポリー？」教授が機嫌よくたずねたので、ポリーも思い切って自分の意見を口にした。

「犬と散歩したり、おしゃべりしたり、日曜版の新聞を読んだりして、楽しく時をすごすことです」

「自分の思うがままにかい？」

ポリーは驚いて教授を見つめた。「まさか。そんな勝手はできませんわ」

「ときに僕は、すべて自分の思うがままに過ごしたくなることがある」

「ディアドレに会いたいのでしょう？　彼女はとても……」ポリーは言葉を探しあぐねて口ごもった。

「彼女は村一番の美女だ――僕はいつもこう言うことにしている」

「きっとご自慢のフィアンセでしょうね」ポリーは教授にほほえみかけたが、余計なことに口をはさむなと言わんばかりの冷ややかなまなざしが返ってきた。それだけでは足りないのか、教授はポリーの仕事についてたずねたが、帰り着くまでぽつりぽつりと話すだけだった。

ありがたいことに屋敷ではダイアナが待ちかまえていて、教授とポリーの分までおしゃべりをしてくれた。

ダイアナは、今朝ディアドレから電話があったと兄に告げた。「あなたに会いたいと言っていたわ。理由は言わなかったけれど、なんだか怒っていたみたい」

「そういうことなら、会って事情を聞いたほうがよさそうだな」教授の顔に不快感は浮かんでいなかったが、ポリーには彼が怒っているのが感じられた。

だがポリーは自分には関《かか》わりのないことだと自らに

言い聞かせ、ダイアナと三十分ほどおしゃべりしてから部屋に戻った。

次の朝、ポリーは早起きした。気持ちのよい朝だったので、さっそく庭に出て、犬の声がしない方向を選んで散歩した。ポリーが屋敷に戻る途中で、教授の車が出ていく音が聞こえた。

それから四日間、ポリーが教授の姿を見ることはなかった。教授がいないのをよいことに、ポリーは朝早くから夜遅くまで仕事をし、木曜日の夕方には教授のデスクの上には二章分の原稿が積まれていた。

教授の居場所をダイアナにきくのも何となく抵抗があったし、そもそも教授が話題にのぼることもなかったので、ポリーは好奇心を抑えるしかなかった。だから金曜日の朝、ギリシャ語とラテン語の発音に関する入り組んだ文章に没頭している最中に、いきなりドアが開いて、二頭の犬と教授が入ってきたときには、ひどくびっくりした。

教授はおはようの挨拶さえしなかった。

「また時間外に働いているのか？」教授はとがめるように言った。

ポリーは犬の耳をかいてやった。「わたしがしたくてしていることです」ポリーは快活に答えた。そして、朝の挨拶さえしてくれない不機嫌な教授に会って、なぜこんなにうれしいのだろうと考えていた。

「はっきり言っておいたはずだ――」

ポリーは教授の言葉をさえぎった。「ジャービス教授、あなたが誰よりも本の出版を願っているのはよくわかっています。でも、わたしだって、できるだけ早く清書を終えたいと思っているんです。この仕事がいやだからじゃありません。それどころか、とても楽しんでいます。でも、この仕事が終わったらしたいことがあって、それをあまり先延ばしにしたくないんです」ポリーは教授ににっこりほほえみかけた。しかし効果はなかった。

「したいことって？」

ポリーは顔をしかめた。一番痛いところをついてくるなんて、いかにも教授らしい。「わざわざお聞かせするほどのことでもありません」

「教えてはくれないわけか？　なるほど、そういうことなら、好きなだけ仕事をするといい。この調子でいくと、いつごろに仕上がりそうだい？」

「二週間後というところでしょうか。じゃまが入らなければ、ですけれど」

教授は大声で笑いだした。「誰も君のじゃまはしないよ！」教授は口笛を吹いて犬を呼び寄せると、軽く手を挙げて一礼して出ていった。

ポリーはしばらく何も手につかなかった。その場の勢いでしたいことがあるなどと口走ったが、いったん口に出してみると、何か人の役に立つことをしたいという漠然とした思いが、徐々に具体的になってくるのを感じた。教師にも店員にもなれそうにないし、タイピストになりたいとも思わない。そうすると、ポリーの進める道は一つしか残らなかった。看護実習生だ。ポリーはしばらく考えて、どうやらこれで決まりだと納得できたので、原稿の清書を再開した。

エルムリー・カースルには、雑誌や新聞を扱う販売店が一軒ある。屋敷に教授の姿はなかったし、ダイアナも友人とランチに出かけていたので、ポリーは自転車で村の小道を急いだ。店主のミセス・プロッサーは感じのいい老婦人で、看護雑誌がないかとポリーがたずねると、もちろんあると答えた。村に住む看護師が週刊の『看護ジャーナル』を定期購読しているのだ。ただ残念ながら、店にはその看護師の買う一冊しかなかった。

ポリーは遠回しに、友人のために病院を探しているのだが、その雑誌をちょっとだけ見せてもらってもかまわないだろうか、と頼んだ。

ミセス・プロッサーは快く承諾してくれた。ポリーはチョコレートバーを一本買うと、店に一つきりの椅子に座って求人案内のページをめくった。ロンドンの病院がいくつか看護実習生を募集していたが、いくらなんでもロンドンは遠すぎた。あきらめかけたとき、バーミンガムの小児病院の求人が目に入った。〝急募。願書請求は下記へ電話のこと〟ポリーは急いで電話番号をメモすると、ミセス・プロッサーに礼を言って自転車にまたがった。少し行った先に電話ボックスがあったはずだ。好機は逃さず、今すぐ電話をかけてしまおう。

次の日に願書が届いたので、ポリーは期待をこめて記入すると、サー・ロナルドの原稿に戻った。

金曜日だったので、ポリーは父に電話して、翌日迎えに来てくれるよう頼みこんだ。ダイアナも教授も出かけていたので、ポリーはディナーを食べる間と、犬たちと軽く庭を散歩したとき以外は、夜もずっと仕事をして過ごした。

ダイアナには土曜日は朝食後すぐに出発すると断ってあった。だから翌朝、客間に下りていったポリーを出迎えたのはベッシー一人だった。教授は影も形もなかった。きっと出かけているのだろう。

父が予定より少し早く来てくれたので、ポリーはさっさと車に乗りこんで、すぐに出発してくれと頼んだ。そして家へ帰る道すがら、自分の決心を打ち明けた。驚いたことに父は喜んでくれた。「おまえの特別な才能を生かせるような仕事は、めったにない」と父は言った。「看護師になれば、多くの可能性が開けるだろう。おまえさえ望めばトップに上りつめ、大病院の看護師長になることだってできる」

ポリーは心の中で思った。わたしは看護師長になりたくない。本当は結婚して子どもが欲しい。子どもたちを苦労せずに育てられるだけのお金を稼いでくれて、ときにはダイヤの指輪やカシミアのセーターのようなすてきな贈り物をしてくれる夫がいれば、それ以上の幸福はないのに。ポリーはため息をついた。「疲れたのかね？　本の進み具合はどうだ？」父がたずねた。

「あと二週間ほどで仕上がるわ。ところで、次の土曜日に病院の面接を受けに行きたいと思っているの。だから、来週は家に帰れないと思うわ」

「ばかなことを言うんじゃない。面接が終わったら電話しなさい。父さんがバーミンガムまで迎えに行ってやるから」

話を聞いた家族は、ことのなりゆきに少しばかり驚いたが、誰もがポリーを心から応援してくれた。

週末は楽しく過ぎた。ポリーはシャイロックを連れて散歩に出かけ、教会に行き、母のおいしいローストビーフを食べた。家族とまた別れるのはつらかった。それでも父の車がジャービス邸の立派な玄関先に停《と》まったとき、気分が高揚するのも感じた。これは高揚感なんかじゃないわ。ポリーは自分に厳しく言い聞かせた。これは教授に何を言われても平気なように、心構えをしているだけよ。

ポリーは車を降りて父に手をふると、古めかしい鋳鉄の呼び鈴を鳴らした。その響きが消えないうちにドアが開いて、出てきた教授が父の車に向かった。父が教授と連れだって屋敷に入っていくのを見て、ポリーもあわてて中に入った。

教授はポリーに言った。「荷物を部屋に置いたら、客間に下りておいで。いっしょにコーヒーを飲もう」ポリーはうなずいた。看護実習生になる件は黙っていてくれと、父に釘《くぎ》を刺しておいてよかった。教授に知られたら、冷笑されるに決まっている。

客間にはダイアナと、年配の村人が二人いた。あっという間に一時間が過ぎ、やがてポリーの父親が立ち上がった。

ポリーが父親の頬にキスしたとき、彼は言った。

「ではまた来週――」ポリーが目顔で注意しなければ、続きを口にしていたことだろう。父親は咳払《せきばら》いしてごまかした。「とにかく……電話しておくれ」彼はそう締めくくった。ポリーはほっと安堵《あんど》のため息をもらした。その一部始終を教授は面白がるような目で見つめていた。

気候がぐっと暖かくなってきたので、ダイアナが出かけることが増えてきた。おかげでポリーも一人で過ごせる時間が多くなった。ポリーは決められた以上の時間を仕事に費やし、時折村に出かけ、毎日のように裏の小川まで犬たちと散歩に行った。病院に送った願書に返事が来て、面接に来るよう指示があった。その晩ポリーはずっと、これでよかったのだろうかと悶々《もんもん》として過ごした。今さら後もどりはできないわ。ポリーはそう自分に言い聞かせ、明け方になってから二時間ほど眠った。

教授は朝早く出かけ、夜遅くに帰ってきているらしく、まるで姿を見かけなかった。ダイアナとはずいぶん親しくなっていたが、それでも教授のことをたずねる気にはなれなかった。ポリーはもう一章分タイプし終わり、次の章にとりかかった。ここまで述べてきた内容について、著者自身の考えを述べる短い章だった。二日もあれば十分だろう。これが終われば、残るのは最終章と巻末の語彙一覧だけだ。

木曜日の夕方になって、ベントレーが家に近づいてくる音がしたかと思うと、ホールから教授の声が聞こえてきた。ポリーはタイプを打ちながら、頭の片隅で、今夜は袖なしのジャージードレスを着ようと考えた。ピンクのブラウススーツはダイアナに好評だったが、別の服を着てみるのも悪くない。

ポリーは決めたところまで仕事をすますと、今すぐ部屋に戻って着替えたい気持ちを抑えながら、仕上がった原稿をまとめて教授の書斎に向かった。ドアの前でノックしようかどうしようか迷っていると、階段から教授の声が聞こえてきて、びくりとした。

「僕ならここだ。原稿はデスクの上に頼む」

ポリーはちらりと教授を見ると、言われたとおりにデスクの上に原稿を置いた。ポリーがホールに出てきたときには、教授の姿はなかった。

彼は〝こんばんは〟の一言さえ言ってくれなかったわ。階段を上りながらポリーは思った。まるでわたしなど、使用人か何かのように。

ポリーは時間をかけてお湯につかると、新しい服に袖を通し、洗ったばかりの髪をとかして化粧をした。おかげで、それなりに満足のいく仕上がりになった。カットのよいドレスは体にぴったり沿うし、散歩でわずかに日焼けした肌がドレスのクリーム色に映える。ポリーは食事の十分前まで待って、ホールへ下りていった。

客間にはダイアナと教授、それに――ディアドレがいた。ポリーはドアを入ったところで立ち止まり、愛想のよい笑顔を作って口を開いた。「こんばんは。お客さまがいるとは思わなかったわ」

ディアドレは水色のクレープデシンのパンツスーツを身にまとい、アクセサリーをたくさんつけていた。ディアドレは軽やかな笑い声をあげた。「あら、お名前は何だったかしら？　わたしならお客と思わなくてもけっこうよ。それに正式のディナーのお客さまが来るのなら、あなたがどこで食事をするか、ダイアナが前もって手配するはずよ」

「ええ、もちろん」ダイアナが即座に答えた。「そういう場合、ポリーもディナーに同席するわ」ダイアナはディアドレをにらむと、兄に目を向けた。

「ああ、そうだな」教授はよどみなく答えた。「ポリーは家族も同然だからね」教授に優しい笑みを向けられて、こわばっていたポリーの顔がほころんだ。

その後は教授が会話の手綱を握り、うらやましいほど豊富な話題を駆使して、ディアドレに意地悪な発言を許さなかった。ポリーは話しかけられたときは礼儀正しく返事をしたが、自分からはほとんど何もしゃべらずにディナーを食べた。ディアドレのスーツや、シンプルだが高価なダイアナのシルクドレスと並ぶと、自分のジャージードレスがいかにも場違いに思えてしかたがなかった。ディナーの後もディアドレといっしょだなんて、考えるだけで苦痛だった。ポリーは客間でコーヒーを飲むと、ここで失礼すると一同に告げた。部屋を出るポリーのためにドアを開けてくれた教授が〝おやすみ、ポリー〟と声をかけてくれたことはうれしかったが、それを除けば、さんざんな夜だった。部屋に戻ったポリーは窓の外を見つめ、ディアドレを見ただけで心がこんなに乱れるようでは眠れそうにないと思った。

「ばかね」ポリーは初夏の空に浮かぶ月を見上げてつぶやいた。「この程度のことで動揺するなんて。この仕事が終わったらディアドレに会うことなど、二度とないはずなのに。いずれわたしはここを出ていくんだもの」この家を出ると思うと妙に心が騒ぎ、ポリーはじっとしているくらいなら仕事をするほうがいいと判断した。

原稿にあらかじめ目を通しておけば、明日の仕事がはかどるだろう。ポリーは裏の階段を通って、こっそり仕事部屋に下りていった。

小さな部屋はひんやりとしていた。ポリーはドアを少し開けたまま、デスクの明かりだけをつけて原稿を読みはじめた。三十分ほどそうしていると、人の声と足音がこちらに向かってくるのが聞こえた。ポリーは明かりを消して息をひそめた。どうやら教授とディアドレが、ホールで別れ際のおしゃべりをしているらしい。ドアを閉めるべきだと思ったが、万一ドアの動きに気づかれ、ポリーがここにいるとわかったらかえって大変だ。仕方なく耳をふさごうとしたとたん、自分の名前がディアドレの口からこぼれるのが聞こえてきた。

「ポリーですって。平凡な娘にお似合いの、平凡な名前だこと。見た目もぱっとしないし、頭も悪そうだわ。それにあのひどいドレス！　いったいあの子は、どこで服を買っているのかしら？」

「見当もつかないな」教授は無愛想に答えた。「僕の目には、今夜の彼女はなかなかかわいく見えたよ。それに彼女の頭脳に関しては、君が間違っている。君のかわいい頭に詰まっているよりも、彼女の小指に詰まっている脳のほうがはるかに多いだろう」

ディアドレはくすくすと笑った。「あなたって優しいのね。本当はあんな娘のことなど、どうでもいいくせに」

教授は取り合わなかった。「どうして必要以上に意地悪な態度をとるのかわからないな」

「あら、サム。まさか怒ってるんじゃないでしょうね」教授は答えなかった。「まあいいわ。この話はおしまいにしましょう。土曜日にあなたもブラッドショー家に行くのよね？　すごくすてきなドレスを買ったから、楽しみにしていてちょうだい」

やがて車のドアが閉まり、おやすみと呼び交わす声が聞こえた。教授が客間に戻ったらこっそり二階に戻ろう。ポリーは暗い庭を見つめ、泣きたい気持ちを必死でこらえていた。泣いても何にもならない。ポリーは自分に言い聞かせた。たかが意地悪な女性に、ちょっと悪口を言われただけじゃないの。

不意に部屋のドアが開き、戸口に教授が現れた。

「君にあんなことを聞かせてしまってすまなかった、ポリー」教授の声がひどく優しかったので、こらえていた涙で喉がつまった。

ようやくポリーは口を開いた。「わたしがここにいると、どうしてわかったんですか？」

「ディアドレはシャネルの五番を使っている。でも君の香水は、もっと軽やかで花の香りがする」

「立ち聞きするつもりはなかったんです。でも、お二人の前に出ていったら、あなたもディアドレも気まずい思いをすると思って……」

「ディアドレが気まずい思いをすることなどないさ」教授はあっさり切り捨てた。「すまなかった、ポリー。ディアドレは、君のような人に会ったことがなくて、どう接したらいいかわからないんだ」

「謝っていただく必要はありません」ポリーはいつもの落ち着いた声を取り戻していた。「たいしたことではありませんから。もちろん腹は立ちました。でも、いずれ忘れてしまいますわ」

「君はとてもいい人だ。僕は君のことを――」

ポリーは教授の言葉をさえぎった。「知っています。あなたは、わたしは頭がいいと思ってくださってる――でも、見た目がぱっとしなくて、ドレスの趣味が悪いのは事実です」ポリーは勢いよく立ち上がると、教授の横をかすめるように通り抜け、自分の部屋へ駆け戻った。

次の朝、ポリーはいつもの時間にホールに下りていった。着替えをしている間にベントレーが出ていったので、教授がいないことはわかっていた。明日は土曜日だ。今夜のディナーさえ何とか乗り切れば、しばらく教授とは顔を合わさずにすむ。

日差しが暖かくなり、庭いっぱいに花が咲き乱れていた。ポリーは散歩しながら、あと一時間くらいここで過ごせたらいいのにと思った。だが、できるだけ早く原稿を仕上げることが、目下の最重要課題だ。ポリーは朝食前にたっぷり仕事をし、幸先《さいさき》のよいスタートを切った。まだ一日は始まったばかりだ。

朝食の席でポリーは強いて朗らかな態度を保ち、未来の義姉についてのダイアナのコメントには、声をあげて笑いさえした。「ディアドレは救いがたいわ。話すことと言えば、自分のことかファッションのことばかり。もちろん、わたしだってファッションの話は好きよ。でもさすがに毎日その話ばかりではね。いまだにディアドレは、夏至の日に結婚式を挙げるなんて世迷いごとを言っているらしいけれど、兄がその日は都合がつかないと言っているのを聞いたわ」ダイアナは楽しそうにくすくすと笑った。「本当に相手を愛しているのなら、結婚式の日取りくらい、何としてでも都合をつけるでしょうに！」ダイアナは意地悪そうにうなずいた。「あの二人は絶対に別れるわ。わたしはその日を待っているの」

「結婚したら、ディアドレももっと感じがよくなるかもしれないわ」

「冗談でしょう、ポリー！　ディアドレのどこに感じのいいところがあるのよ。あら、そろそろ仕事に行くの？　それじゃ、またランチのときにね」

ランチは楽しい気分転換になったが、ポリーはただ時間をむだにすることはせず、すぐに仕事に戻った。今タイプしている章を仕上げてしまうつもりだったからだ。それどころか、ポリーはその日のうちに次の章にとりかかっていた。

夜になっても教授は帰ってこなかった。そのほうがいい、とポリーは自分に言い聞かせた。明日の出発がそれだけ楽になる。バーミンガムには、村からバスに乗って行かなければいけないからだ。もし教授に見つかったら、どこへ何をしに行くのか説明しなければならなくなるだろう。幸いダイアナは好奇心がさほど強くなかったので、ポリーが明日の朝は早く出かけて日曜の晩に帰ってくると言っても、それ以上は詮索せず、話し相手がいなくて残念だと言っただけだった。

なぜかはわからないが、新しい仕事に就くのだという決意をいっそう強く感じながら、ポリーは簡単な荷造りをすると、教授のことは考えないようにして眠りについた。

4

小児病院はバーミンガムの中心にある、くすんだ赤煉瓦《れんが》造りの建物だった。ポリーは建物をしげしげと眺めたりはせず、さっさと中に入って案内を請うた。

応対してくれた守衛は親切だった。「看護実習生の面接かい？　看護師長の部屋なら、玄関ホールの裏手に回って左側のドアだよ」

ドアを開けると、かすかに病院特有の匂《にお》いのする待合室だった。三人の若い女性が座っている。ポリーも挨拶《あいさつ》をして腰を下ろした。先に来ていた三人が順に呼ばれ、ポリーの番になった。デスクの向こうには、思いのほか若くて優しそうな女性が座っていた。病院の看護師長はいかつい顔の年配女性だとばかり思っていたポリーは、考えを改めた。

「なぜ看護師になろうと思ったのですか？」師長はたずねた。

「人の役に立つことをしたかったんです」

「あなたは学校の成績が優秀ですね。もっと頭を使う仕事のほうが向いているのではありませんか？」

「ラテン語やギリシャ語が必要な仕事など、めったにありません」ポリーは答えた。「わたしは今、ある学術書をタイプで清書する仕事をしていますが、同じような仕事がすぐに舞いこむとは思えません」

看護師長は思慮深げにうなずいた。「そうかもしれませんね。子どもは好きですか？」

「ええ、とても。ただ、看護の経験はありません」

「看護は大変な仕事ですよ。それでは身元保証人になってくれる方を二人、教えてもらえますか？」

教授はだめ、とポリーはすぐさま考えた。モーテイマー牧師とメイクピース医師がいいだろう。ポリーは二人の名前と住所を告げた。「保証人に確認が取れたら、二週間後から実習に入ってもらいます。見習い期間は三カ月で、その間であれば、辞めてもかまいません」

駅前で父を待つ間、ポリーは考えることがたくさんあった。猛烈に働いて一週間でタイプ原稿を仕上げたら、残る一週間は家で過ごすことができる。それとも週末まで働いて、週明けに自宅に戻るほうがいいだろうか。ポリーは駅のビュッフェでコーヒーを飲みながら、封筒の裏に簡単な計算をした。これまでにもらった給料と、今月末にもらうはずのお金を合わせたら、かなりの額になりそうだ。不意にポリーは一人前の大人になった気がして、すごく気分がよくなった。

家に帰ると、話すことがいっぱいあった。両親はポリーの進路を喜んでいたが、母のほうは少し残念そうだった。「看護師になったら、あのすてきな教授とは縁が切れてしまうのね」

「ええ。だって、もともと一時的なアルバイトだったんだもの」そう言いながらもポリーは別のことを考えていた。「病院に勤めだしたら、毎週は家に帰ってこられないかもしれないわ」

「あなたがいなくなったら寂しくなるわね」ミセス・タルボットはひそかにため息をもらした。「ひょっとしたらジャービス教授が、出版関係の仕事を見つけてくれるのではと期待していたのよ」

「あら、なぜ教授がわたしの就職の面倒を見なくてはいけないの？　サー・ロナルドの原稿をわたしがタイプしているのだって、ほかのタイピストを雇うより、そのほうが都合がよかったからよ」

日曜日の晩、父親がポリーをジャービス邸に送っていったとき、客間からは明かりがもれ、にぎやかな人の話し声が聞こえてきた。どうやら間の悪いときに戻ってしまったらしい。これだけお客が来ているのなら、夕食は抜きになりそうだ。

「ディナーにお客さまがお見えなんです」出迎えたジェフが教えてくれた。「よろしければ、トレイでお食事をお持ちしますが」

「まあ、本当に？　軽いもので十分よ。いつも仕事をする部屋で待っているわ」

「小さいほうの客間でお待ちいただければ、すぐに用意します」

客間からは何人もの話し声が聞こえてくる。教授はたくさんの客をもてなしているようだ。ポリーは手早く身づくろいをして、言われたとおり小さいほうの客間に向かった。小さいとはいうものの、客間に比べて小さいだけで、実際にはかなり広い。

ジェフは窓辺の小さな円テーブルにクロスを広げ、スープ、ロブスターのフライ、ローストラム、それにベッシーの絶品のトライフルを順に給仕してくれた。食事の途中でポリーはたずねた。「本当にわたし、ここでお食事をいただいてもいいのかしら？　お客さまの給仕もあるでしょう？」

ジェフはほほえんだ。「お客さまの食事は終わっております。サムさまから、あなたのお帰りが遅かった場合はこうしろと申しつかっておりますので」

ポリーは目をぱちくりさせた。「教授が？　まあ、彼にしては、なんて思いやりかしら」

食後のコーヒーを飲んでいると、部屋に教授が入ってきた。「君もいっしょにディナーが食べられると思っていたんだがな。まあいい。今からでもこっちに来て、みんなといっしょに飲みたまえ」

「とんでもない！」思わずポリーは叫び、あわてて謝った。「失礼な言い方をするつもりはなかったんです。ただ、わたしは普段着ですし、知り合いはどなたもいませんから」

「僕は？　ダイアナは？　ディアドレは？」不意に

教授はほほえんだ。「そうだな、君は僕たちといっしょに過ごしたくはないだろう」教授はポリーの向かいに腰を下ろした。「週末は楽しかったかい?」

後ろめたい顔つきになっているのにも気づかず、ポリーはあわてて答えた。「ええ、もちろんです。その……わたし……家が好きですから」

教授はポリーのあわてぶりを面白そうに眺めていたが、やがて何気なくたずねた。「この調子だと、清書は今週末には終わりそうだね?」

「はい。ただ、念のため、来週の日曜日までここに滞在してもよろしいでしょうか? そうすれば土曜日に最後のチェックができますから」

「仕事は面白かったかい?」

「ええ、とても」

「君はこの家で、それなりに楽しく過ごせた?」

「もちろんです」

「仕事以外には、何の娯楽もなかったのではないかな? たまに村の新聞販売店に行くくらいで?」

ポリーは頬を染めた。まさか教授は、わたしが『看護ジャーナル』を見たことは知らないはずだ。そうは思っても、次の質問にポリーは思わず身をすくめた。「次の仕事のめどは立ったかい?」

「ええ……いえ、その、ある意味では、ええ」

ようやく教授は立ち上がった。「今夜の君は古典語の権威にしては、話が変だな。きっと疲れているんだろう。しばらく休んだらどうだい? 一週間ほど遅れても、大きな影響はないだろう?」

「そんなことはありません」ポリーは思わず叫んだ。こちらの都合で、初出勤を延期してもらえるはずがない。教授が問いかけるような目でこちらを見ているのに気づいて、ポリーはあわてて言った。「今のペースを崩さないほうがいいと思うんです」

教授はただにっこり笑うと、ドアに向かった。

「君がいなくなると寂しくなるな。おやすみ」

つづく数日間ポリーはせっせと働き、そのかいあってとうとう巻末の語彙《ごい》一覧にたどり着いた。手間のかかる作業だったが、ポリーは朝早くから夜遅くまで精を出した。それでも食事はダイアナといっしょにとるようにし、それなりに余暇を楽しんでいる印象を与えるよう努めた。

金曜日の夕方のことだった。ポリーが犬にテニスボールを投げて、子どものように庭を駆け回っていると、不意に教授の声がした。「やあ、こんばんは」ポリーはあわてて足を止めた。

教授は駆け寄ってきた愛犬をなでながら、ポリーを見つめた。「君が楽しんでいるようでよかった。その様子では、ほぼ仕上がったようだね？」

なぜ教授に会えてこんなにうれしいのだろう？ポリーは当惑しながら答えた。「ええ、あと少しで完成です。しばらくお留守でしたね。久しぶりにわが家に戻れてうれしいでしょう？」

教授は相変わらずポリーを見つめていた。「ああ、とてもうれしいよ。だが残念ながら、またすぐにディナーに出かけなければいけないんだ」

ポリーはどうしていいかわからず立ちつくしていた。この場を離れたいと思っているのに、教授のそばにいるのがうれしくてたまらない。

「日曜日に、また家まで送ってあげるよ。君のお父さんと話があるし、ウエルズ・コートに用事もある」ポリーが心を決めかねる様子だったので、教授はつけ加えた。「本当に用事があるんだ。朝八時にここを出発する」

「ありがとうございます」

教授はポリーといっしょに屋敷に戻ると、ドアを開けてくれた。「それじゃあ、また」

ポリーは口の中であいまいな返事をすると教授の横をすり抜け、部屋に戻ってベッドに座りこんだ。わけがわからなかった。できるだけ早くこの屋敷を出ようとせっせと働いてきたのに、いざここを立ち去ると思うと、なぜこんなに悲しい気分になるのだろう。

土曜日の夕方になって、ようやく最後のページが仕上がった。教授は朝早く出かけたきりだったし、ダイアナも友だちとテニスに行っていた。その朝、ダイアナは申し訳なさそうに言った。「あなたがここで過ごす最後の日なのに、また出かけてしまってごめんなさい。でもディナーには、わたしもサムも戻ってくるわ」

ポリーはバターを塗る手を止めた。「お気遣いなく」ポリーは努めてさらりと言った。「わたしなら、簡単な食事をトレイでいただければ、それで十分よ」

「ばかなことを言わないで。最後くらいいっしょに食事をしたいじゃないの。ところで、この仕事が終わったら、次は何をするつもりなの？」

「しばらく家でのんびりしてから考えてみるわ」ポリーは慎重に答えた。看護師になることを話したかったが、ダイアナに話したら教授にすぐ伝わるだろう。ポリーが看護実習生になると聞いたら教授がどれほど辛辣《しんらつ》な意見を述べるかと思うと、ポリーはぞっとした。もっとも、最近はあまり辛辣なことを言われた覚えがない。それどころか、いくつか意見の相違はあったものの、多少は仲よくなれた気がする。

最後の原稿を書斎のデスクに置いて、ポリーが部屋に戻ったときも、屋敷には教授もダイアナも帰っていなかった。今日はピンクのブラウススーツを着ようとポリーは思った。ディアドレにあんなことを言われた後では、ジャージーのドレスは問題外だ。

もっとも、どうせ何を着ても、あまり変わり映えはしないけれど――ポリーは鏡に映る自分を見て独りごちた。やがてダイアナが、ついで教授が帰ってきた。ポリーはディナーの五分前まで待って、ホールへ下りていった。客間には誰もいなかった。ポリーは安楽椅子に腰を下ろし、雑誌を手に取った。ほどなく誰かの足音が聞こえた。

教授だった。しかも急いでいる様子だ。扉を大きく開けて顔をつき出すと、教授は言った。「すまないが出かける用事ができてしまった。また、明日の朝食のときに会おう」

ポリーが何も言えないうちに、教授は行ってしまった。と思うと、すぐに戻ってきて、大股でポリーのところへ歩いてきた。「そのピンクの服は、とてもよく似合っているね」そう言うなり、驚きのあまり茫然《ぼうぜん》と見つめるポリーにキスをした。そして今度は、そのまま出ていって戻らなかった。

ほどなくダイアナがやってきた。「サムはまた出かけたわ。まったく、なんてあわただしいのかしら。それにしても、あなたがいなくなったら寂しくなるわね。でも、ボブがもうすぐ帰国できるらしいの」

「そうしたら結婚するのね？」

「ええ。結婚式はこの村で挙げるつもりなの。だから来てちょうだいね」

「ぜひ出席したいわ。でも、もし新しい仕事に就いていたら、来られないかもしれないわ」

「仕事なんて、さぼればいいじゃない。あなたのほうは結婚する予定はないの？」

ポリーは首を横にふり、おかしなことにさっきと同じ悲しい気持ちに襲われた。ポリーは悲しみをふり払うと、朗らかに言った。「全然ないわ」

ダイアナもポリーも努めて明るくふるまったので、ディナーは楽しかった。夕食後は客間に移り、六月の宵が暮れゆくさまを眺めつつ、ファッションの話に花を咲かせた。「来週こそ、服を思い切り買いに行くわ」ダイアナはうれしげに宣言した。二人はコーヒーを飲みながら遅くまで語り合ったが、やがてポリーがそろそろやすむからと立ち上がった。

二階へ上がったポリーは、教授に会えなくて残念だった気持ちと、これでよかったのだという気持ちを同時に味わっていた。もし客間で顔を合わせていたら、わざと教授の帰りを待っていたのだと思われたかもしれない。ポリーはさっきの突然のキスのことを考え、無理やり頭からふり払った。きっと教授は何かうれしいことがあったに違いない。もし客間にいたのがベッシーだったとしても、教授はキスをしていただろう。ポリーはわけもなく深いため息をもらし、ベッドに入った。

翌日、朝食のテーブルで教授と顔を合わせたとき、ポリーはいつもの落ち着きを取り戻していた。教授は疲れているようで、あまり話をしたくなさそうだった。ダイアナが来て、ようやく会話らしい会話が交わされるようになったが、それもあまり活気のあるものではなかった。ポリーが二杯目のコーヒーを飲み終わるとすぐ、教授はそろそろ出かけようかと言った。追い立てるような仕打ちに腹が立ったが、ポリーはおとなしく席を立った。ポリーは二階から荷物を取ってくると、キッチンでベッシーとジェフにさよならの挨拶《あいさつ》をした。思いのほか二人との別れに時間をとられ、ポリーが客間に戻ったとき、いかにもじれったそうに教授が待っていた。

「お待たせしてすみません。ジェフとベッシーと犬たちにお別れを言っていたので」

教授は笑い声らしき音をたて、妹がポリーに別れを告げるのを戸口で待った。もともとおしゃべりなダイアナは、ポリーに言っておきたいことが多すぎて、ポリーがベントレーに乗りこむまで五分もかかった上に、その後も、あれやこれや思い出して話を続けるものだから、さらに二、三分が必要だった。ようやく二人は気まずい沈黙のうちに屋敷を出発した。しばらくして教授が不意にたずねた。「僕は気むずかしい男だと思うかい？」

ポリーは少し考えて口を開いた。「あなたがもともと気むずかしいとは思いません。ただ、いらだったり失望したときに不機嫌になるのだと思います。誰だって、じゃまをされたら腹が立つから」

「それは、誰がじゃまをするかによるな」教授は三台の車を立て続けに追い越した。「君がいなくなれば、ダイアナが寂しがるだろう。妹とディアドレの仲が悪いのが残念だ。君も、彼女のことはよく思っていないのだろう？」

ポリーは、わざと教授の話を取り違えたふりをした。「あら、ダイアナなら大好きです」

「僕が話しているのはディアドレのことだ」

ポリーは言い逃れができないと悟って、ため息をついた。「彼女のことはよく知りませんから。とても美人で魅力的で、それから……」

「でも君は彼女がきらいで、彼女も君がきらいだ」

教授の口調は怖いほどなめらかだった。

「ディアドレが、なぜわたしを好きにならなければいけないんです？　どうせ二度と会うことはない相手なのに」それからポリーはきっぱりと言った。「なぜこんな話をしたいのか理由がわからないわ。何か別のことを話しませんか？」

「理由ならあるさ」教授は穏やかに言った。「それはそうと、これからどうするか決まったのかい？」

「ええ、おかげさまで」

「それを教えてくれる気はないのかい？　やはり秘密なのかい？」教授は面白がっているようだった。

「別に秘密にしているわけではありませんが……」

「つまり、よけいな口をはさむなと言いたいんだな。わかった、それなら天候の話をしよう」

その言葉どおり、腹立たしいことに教授は残る道中、ずっと天候のことしか話さなかった。

わたしを送り届けたら、教授はすぐにウエルズ・コートに行くつもりなのだろう。ポリーはそう思っていたが、礼儀上、コーヒーはいかがと誘わないわけにはいかなかった。教授がすかさず申し出を受けたので、ポリーは驚いたが、心の底ではもう少し彼といっしょに過ごせると思ってうれしかった。ポリーはその喜びをあわてて押し殺し、玄関のドアを開けた。日曜日だから誰もいないと思っていたら、家族一同が二人を出迎えてくれた。

「今日は夕方の礼拝に行くことにしたんだ」ベンが叫んだ。「せっかく姉さんが帰ってくるんだから」

ポリーは弟の肩を抱き寄せた。「ありがとう。みんな留守だったら、きっと寂しかったわ」ポリーが母にただいまと挨拶をしている間に、ほかの家族が教授を客間へ案内した。

「あなたをわざわざ送ってくださるなんて、サムも親切なことね」コーヒーカップをトレイに並べながら、ミセス・タルボットが言った。「あなたも客間にお行きなさい。まったくコーラとマリアンときたら、サムが来たとたんに独占するんだから」

サム？　いつの間に母は教授をファーストネームで呼ぶようになったのだろう？　けげんに思いながら、ポリーは答えた。「コーラとマリアンなら話も上手だし美人だもの。わたしは教授のために仕事をしていただけで、それほど親しくないのよ」

事実は少し違っている。教授はわたしに一度だけキスをした。でも、あんなキスがものの数に入るだろうか？　入るとは思えない。とは言うものの、教授がいると何かと調子を狂わされるし、あの高飛車な態度も腹立たしい。あと半時間もすれば彼は帰っていくと思うと、ほっとする。

だがそれは甘い誤算だった。ランチをごいっしょにと誘われた教授が、喜んで申し出を受けたからだ。ポリーが部屋で荷ほどきをしていると、コーラがいそいそと教えに来てくれた。

ポリーは顔をしかめた。「まさかわたしが看護実習生になる話はしていないでしょうね？　そんなことをしたら許さないわよ」ポリーは引き出しに衣類を片づけながら、肩ごしにふり返った。

「むきにならなくても大丈夫よ。誰も何も言っていないから。教授は父さんと本の話をした後、今は庭に出てベンに車の運転を教えているわ」コーラはくすくすと笑った。「もしわたしがギリシャ語やラテン語が堪能《たんのう》だったら、絶対にうまく活用して教授と仲よくなるのに！」

「その前に、別のことに頭を働かしたほうがいいわ」ポリーはそっけなく言った。「教授はもう婚約しているのよ。相手は感じのよくない女性だけど、スリムで美人で、すごくおしゃれよ」

「二人はいつ結婚するの？」

「知らないわ。もっとも婚約者のディアドレは、夏至の日に結婚したらロマンティックだと思っているみたい。くだらない迷信だわ。ディアドレ本人はロマンティックからほど遠い性格のくせに」

コーラは妹を思案げに見つめた。こんなふうに怒りをあらわにするなんて、ポリーらしくない。ポリーは誰よりも穏やかで気だてのいい娘だ。ここまで他人をあしざまに言うなんて、よほどの理由があるに違いない。

やがてポリーはキッチンへ母の手伝いに行き、コーラは庭に出てほかの家族と合流した。コーラはそっとマリアンをつかまえ、父の書斎へ引き入れた。

「いったい何なの？」マリアンが言った。

「ポリーのことよ。どうやら彼女はサムに恋をしているのに、自分ではまるで気づいていないみたいなの」コーラはやれやれと頭をふった。「わたしたちと違って、あの子は恋愛には本当に奥手だもの。きっとサムが恋愛の対象になるなんて考えてもいないに違いないわ。彼はもう婚約しているからって。ねえ、どうしたらいいかしら？」

「どうしようもないわ。ポリー本人に確かめたわけじゃないし、教授のほうだって、ポリーに興味がありそうには見えないわ」

「残念ながらそうね。二人で何をしているか怪しまれないうちに、みんなのところに戻りましょう」

書斎を出る前にコーラは足を止めた。「あの二人なら、きっとお似合いの夫婦になるわ」

マリアンはうなずいた。「二人の間に生まれる子どもは、ギリシャ語とラテン語が堪能で、父親ゆずりのハンサムね」二人は忍び笑いをもらした。

タルボット家の日曜のランチはなかなか立派なものだった。ローストビーフ、ヨークシャー・プディング、ローストポテト、菜園でとれた野菜、そしてクリームのたっぷりかかったフルーツパイ。教授はどの料理にも舌鼓を打ち、ミセス・タルボットの腕をほめちぎった。ミセス・タルボットは頬を染めながらも、こう言った。「でも、おたくには、ちゃんとした料理人がいらっしゃるんでしょう?」

「ええ。ベッシーは思い出せないくらい昔からうちで働いています。彼女がいなくなったら、どうしていいかわかりません」

「結婚なさったら、お屋敷にそういう方がいらっしゃるのは貴重ですよ」

「それはその——そうでしょうね」

「あなたのフィアンセも料理がお上手なのかしら?」ミセス・タルボットはたずねた。

さすがの教授も、このときばかりは返答に窮したように見えた。「それは——わかりません」

「まあ、料理は慣れるうちにうまくなるものですしね」ミセス・タルボットは気安く請け合った。

食事の後も、教授は急いで立ち去るそぶりは見せなかった。彼はミスター・タルボットと庭を半時間ほど散歩してから、ようやく一同に別れの挨拶を告げた。サー・ロナルドの本ができたら送るとミスター・タルボットに約束し、コーラとマリアンとは気安く冗談を交わし、ミセス・タルボットには実に優雅な物腰で礼を述べ、ベンの背中を男らしくたたいて、ようやくポリーに向き直った。

「君の熱心な仕事ぶりには感謝している、ポリー」教授はそっけなく言った。「生きていれば、サー・ロナルドも喜んだことだろう」

それだけ言うと、教授は行ってしまった。

続く一日か二日は、ポリーは忙しくてジャービス教授のことなど考えている暇がなかったし、ふと教授のことを考えていると気づくたびに、あわてて別のことを考えるようにしていた。彼はもう行ってしまったのだ。そりが合わなかった相手のことを、なぜ今さらくよくよ考える必要があるだろう。

教授は行ってしまったかもしれないが、教授の思い出はポリーの脳裏を去らなかった。朝、目が覚めたとたん教授のことを考えていたり、日中も暇があれば彼のことを思っている自分に気づいて、ポリーの心は乱れた。看護師寮に入るための荷造りを始めても、気がつくと彼のことを考えている。きっと、ちゃんと別れの挨拶をしなかったのがいけなかったのだ。たしかにポリーも、口の中で何かもごもごと言うには言った。だが、それが教授にきちんと伝わったとは思えない。

あと二日でバーミンガムに行くという日のことだった。ポリーはシャイロックと早朝の散歩に出かけていた。きちんとさよならを言っておけばよかったと相変わらずくよくよ考えていると、不意にあることに思い当たってポリーは足を止めた。夏至はもうすぐだ。その日に教授がディアドレと結婚すると思うと、気分が悪くなってきた。ディアドレは教授にはふさわしくない。彼女はけっしていい妻にはならず、教授は日ごとにいらだちを募らせるだろう。教授に必要なのは分別のある女性で、彼が傲慢《ごうまん》でも不機嫌でもうまく受け流し、彼が働きすぎないように気を配り、あの家を取り仕切ることのできる女性だ。ディアドレは、けっしてそうはなりそうにない。

ポリーは草の生い茂った野原に座りこんだ。「ああ、サム！　わたしなら、それを全部してあげられるのに！　あなたに必要なのはわたしなのに！」ポリーは思わずそう叫び、そんなことは絶対にありえないとわかっていながら、わっと泣きだした。

やがてポリーは泣き濡《ぬ》れた顔をぬぐった。泣くなんてばかなことをした。手に入らないものに焦がれても仕方がない。でも、万に一つでも可能性があれば……。そのままポリーは半時間ほど、ありえない空想にふけっていたが、われに返って家に戻った。

朝食の間ポリーはひどく無口だったが、いよいよ始まる実習を前に緊張しているのだろうと、家族は何も言わなかった。もっともコーラとマリアンだけは、理由は違うのではないかと疑っていたが。

二日後、ミスター・タルボットはポリーを病院に送り届けた。次々とめまぐるしく手続きが行われた後、ようやくポリーは看護師寮の部屋に落ち着いた。こぢんまりとした感じのいい部屋で、きちんとたたまれた制服がベッドの上に置いてある。ポリーは荷物をほどき、こまごまとした身の回り品を並べると、一階に下りていった。

寮長の話では、ふだんお茶は病院の食堂で飲むのだが、今日着いたばかりの看護実習生たちのために、寮の居間にお茶が用意してあるとのことだった。

広くて居心地のよい居間には、すでに五人の若い女性が集まっていた。トレイの上には大きなポットがあるが、誰もお茶を注《つ》いでいない。ポリーはティーポットに歩み寄った。「わたしはポリー・タルボットよ。みんなのお茶を注ぎましょうか？」

その一言で硬かった雰囲気がなごんだ。みんな互いに名乗り、部屋のことや優しそうな寮長のこと、それに看護師長について感想を交わしあった。「なんだか初めて学校に来た日みたいだわ」黒い髪と大きな瞳を持つ、かわいい娘が言った。「なんでこんなところに来ようと思ったのかしら！」

みな声をあげて笑い、この中の誰が友だちになるだろうかと考えながら、これから三年をともに過ごす仲間たちと顔を見交わした。お互いに打ちとけたころ、夕食は八時からだと寮長が言いに来た。外出してもかまわなかったのだが、ポリーは手紙を書くという口実で部屋に戻った。不意に、ひどく悲しくてたまらなくなった。自分が正しい選択をしたのはわかっていたし、いずれ仕事が楽しくなるのもわかっていた。それなのに今は少しも楽しくなかった。できるだけ教授のことは考えまいと努めていたが、まるでうまくいっていない。教授はポリーの心に住みついてしまい、その声がいつまでも耳にまとわりつき、彼の家で過ごした日々が、終わりのない映画のように脳裏に何度もよみがえった。「どうしてあなたになんか恋をしたの？」ポリーは壁に向かってつぶやいた。「あなたはわたしのことなど、ほとんど見向きもしなかったのに。あなたはもうすぐ結婚してしまうのに」そう思うとポリーはよけいに悲しくなった。

八時になると、看護実習生の一団は、緊張の面持ちで食堂に入っていった。食堂いっぱいの看護師がこちらを見つめているような気がしたからだ。六人とも借りてきた猫のようにおとなしく食事をとり、その後はポリーの部屋に集まっておしゃべりをした。感じのいい女性ばかりでよかったわ、とポリーは思った。これからしばらく、この五人といっしょに過ごすことが多くなるのだから。「明日の朝は、どうしたらいいのかしら？」一人がたずねた。

「たぶん朝食のときに指示があると思うわ」ポリー

は答えた。「ナースキャップをかぶって、どんな感じか確かめてみない？」

六人はしばらく楽しく過ごしたが、やがて実習生とは違うナースキャップをかぶった、ちょっと横柄な感じの看護師がドアから顔をのぞかせ、十一時に消灯だと告げた。

「あれは誰かしら？」ポリーは独りごちた。「それにこのナースキャップ、うまくかぶるのは難しいわ」ポリーは小さな鏡の前に立ち、どの向きでかぶればいいか、あれこれ試していた。肩までのストレートヘアの上に帽子をのせると収まりが悪いので、髪をピンでアップにしてからかぶることにした。まずまずうまくいった。少なくとも実際よりは年長に見える——そして、残念ながらずっと地味に見えた。

翌日のことをくよくよ考えても仕方がないので、ポリーは少しだけ教授について思いめぐらすことを自分に許し、その後は分別を働かせて眠りについた。

翌朝、制服姿を照れくさく感じながらポリーがコーンフレークを食べていると、外科病棟へ行くように指示があった。ポリーは、迎えに来た背の高い早足の看護師についていった。いくつもの廊下を通り、階段を上りながら、相手は言った。「ベイツ主任看護師は感じのいい人よ。副主任はちょっと厳しいけれど、あまり気にしないで。あなたの名前は？」

「ポリー・タルボットです」

「子どもは好き？」

「ええ、とても」

外科病棟に続く両開きのスイングドアの前に来たとき、ポリーはたずねた。「あなたはここに来て何年なんですか？」

「二年になるわ。わたしはフリーダ・ハニバンよ」

スイングドアを通り抜けたとたん、叫んだり、泣いたり、笑ったりする子どもたちの騒々しい声が聞こえてきた。驚くポリーにハニバン看護師は言った。

「すぐに慣れるわ。むしろ子どもたちがおとなしいときのほうが要注意よ」

主任室に行くと、昨晩ドアから顔をのぞかせた看護師がいた。ポリーが入っていくと、彼女は顔を上げた。「あなたがポリー・タルボットね？　主任が出勤してきたら会いたいそうよ。これまで看護の仕事をしたことはあるの？」

「ありません。でも、弟が麻疹《はしか》や水疱瘡《みずぼうそう》にかかったときには看病しました」

「何もないよりはましね。それでは、わたしといっしょに朝食の手伝いをしてちょうだい」

朝食の手伝いとは、つまり、足をギプスで固定された二歳児の口に食べものを運んでやり、六カ月の赤ん坊に哺乳《ほにゆう》瓶でミルクを飲ませてあげ、癇癪《かんしやく》を起こす四歳の男の子をなだめすかしてパンがゆを食べさせることだった。だから、ようやく主任看護師のオフィスに来るように言われたときはほっとした。

ベイツ主任看護師は小柄でぽっちゃりした中年女性で、意志の強そうながっしりした顎と優しそうな口元をしていた。彼女はポリーに座るように言った。

「この病院に来てくれてありがとう、タルボット看護師。人手が増えるのは、いつだって大歓迎です。この病棟で三カ月、実習を行ってもらいます。最初の一カ月は、仕事は午前だけで午後は看護学校で講義を受けてください。二カ月目からは、ほかの看護師と同じ仕事をしてもらいます。休みは週に二日です。仕事は五時に終わっていいわ」ベイツ主任看護師はにっこりとほほえんだ。「きっと仕事が終わる時間には、あなたは疲れ切り、ベッドに入ることしか考えられないでしょうけど、一つだけアドバイスしておきます。そういうときは、まず外へ散歩にお行きなさい」

ベイツ主任看護師は書類を手にとった。「あなたは、二年目の看護実習生か、さっきいっしょに仕事をしたストックリー副主任か、わたしといっしょに仕事をしてもらいます。最初にやってもらうのは、ベッドメイク、汚れ物の後始末、入浴や食事の世話、使い走りなどです。周りを見ているだけで多くのことがわかるでしょう。何でも疑問に思ったら、おたずねなさい。看護学校で学ぶことも、実際の仕事と密につながっています」ベイツ主任看護師はほほえんだ。「何かきいておきたいことはありますか?」

「ありません」

「では、ハニバン看護師と仕事をしなさい。彼女が休憩を取るときにいっしょに休憩してよろしい」

そこでポリーは病棟に戻り、フリーダ・ハニバンとベッドメイクの仕事に取りかかった。ポリーはハニバン看護師が次々と教えてくれることに耳を傾けながら、周りを観察した。病棟にはベビーベッドと子ども用ベッドが合わせて二十あったが、騒がしい声を聞いていると患者は二十人以上いるように感じられた。格子窓には明るい色のカーテンがかかっており、壁にはにぎやかなポスターが張ってある。ハニバン看護師の話では、驚くほどたくさんの決まりごとがあるようだったが、それでもポリーはここが気に入った。

ベイツ主任看護師が言ったとおり、午後五時になると、ポリーは立っているのもつらくなった。えんえんと雑用が続き、中にはひどく不愉快な作業もあったが、どれも病院では必要な仕事なのだ。子どもたちの容態については、はっきりとはわからなかった。ここは外科病棟で、包帯やガーゼの下までは見ることができないからだ。あと数週間は、傷の具合を見るようなことはさせてもらえないだろう。それでも一日忙しく働いたおかげで充実感を得られたし、教授のことも考えずにすんだ。ポリーはよろめく足で制服を脱ぐとシャワーを浴び、着替えて病院の外に出てみた。あまり遠くないところに小さな公園があったので、しばらく散歩してから寮に戻った。

その後の三日間は同じようなパターンが続いた。そのころには少し慣れてきたので、何年目の実習生か見ればわかるようになったし、正看護師の名前もおおかた覚えた。病理検査室や手術棟がどこにあるかもわかるようになったし、ストックリー副主任に〝腸重積症の赤ん坊〟と言われても、ぽかんとした顔を見せずにすむようになった。慣れたとはいえ、仕事はきつかった。それでもポリーは歓迎した。おかげで教授のことを考えずにすむ。

四日目の朝には、だいぶこつがつかめてきた気がした。今日は、ポリーが実習生になってから初めての手術日だった。そして、どんなものかよくわからないが、回診日でもあった。だが何より大事なのは、今日の午後五時から二日間の休みに入るということだった。父が迎えに来てくれることになっていた。五時までは働かなければいけないが、それでも夕食は家族といっしょに食べられるのだ。ポリーはそれを楽しみに思いつつ、口唇裂《こうしんれつ》の幼い女の子にスプーンで食事を与えながら、回診もちょっと楽しみだと思った。聞いた話では、研修医のジョゼフ・テイラーは若くて熱心で、しかも看護実習生とも気さくに口をきいてくれるらしい。ポリーも一度、外科副部長を務める医師を遠目に見たことがあったが、彼は主任や副主任としか口をきかず、ただの看護師など目に入らない様子だった。

ポリーは子どもに朝食を食べさせ終えると、皿を片づけ、顔をきれいにふいてやってキスをした。それから枕《まくら》のまわりの人形やテディベアを並べなおし、あわてて立ち上がった。ドアの開く音に続いて主任看護師の声と人々の足音が聞こえてきたからだ。だが、彼らのほうへ一歩足を踏み出したところでポリーは凍りついた。かすかに笑みを浮かべたジャービス教授がそこに立っていたからだ。

5

ポリーは看護師という立場も忘れ、思わず叫んでいた。「まさか、あなたはここで働いていたんですか？　てっきり出版社だとばかり――」主任看護師が目をむいてにらんでいるのに気づいて、ポリーは真っ赤になり、教授を取り巻く人々の横をすり抜けると汚物処理室へ飛びこんだ。ドアを閉め、シンクにもたれる。恥ずかしさと驚きと、今すぐやめさせられるのではという恐れとで気分が悪くなった。今にもドアが開いて、病棟に呼び戻されるに違いない。ところが、誰も呼びには来なかった。分厚いドア越しに聞こえるのは、行き来する人の声や、もはや聞き慣れた病院の物音ばかりだ。ようやくポリーが病棟に戻って厳しい叱責《しっせき》を受ける覚悟をしたとき、ドアが開いてハニバン看護師が顔をのぞかせた。

「ベイツ主任が今すぐ来なさいって」

ポリーは病棟へ急いだ。気分はまだ悪かったが、主任に会うのが早ければ早いほど、自分の先行きもはっきりする。看護学校の教官は――年配の看護師で、古めかしい考えの持ち主だ――絶対にポリーを許してはくれないだろう。つい先日も、准看護師や看護実習生は、伝言を取り次いだり、何かたずねられたのでない限り、ドクターと直接口をきいてはいけないと念を押されたばかりだ。教官はこうも言っていた。〝その場に正看護師がいる場合は、伝言は正看護師から医師に伝えてもらうように〟と。そのときは大げさな話だと同期の仲間と笑いあったものだ。だが事態はもはや笑いごとではなくなった。ポリーはうめき声を押し殺して主任室に入っていった。

主任は不在で、デスクの前には教授が座っていた。

ポリーを見て、教授は笑いをこらえるようにきつく結んだ口元を震わせた。ポリーは口を開いた。「主任にすぐ来るようにと言われたのですが」

「主任が君を呼び出したのは、僕が君に会いたいと言ったからだ。主任ならコーヒーを飲みに行ったよ。座りたまえ、ポリー」

ポリーはいつもの冷静さを失って口ごもった。

「病棟の仕事が残っているんです――子どもたちの食事もありますし――その……」

「いつまでもしゃべってないで座りたまえ」

ポリーは腰を下ろした。

「わたしがここで働いていることを、あなたはご存じだったんですね。不公平だわ」

「すまない」だがその口調は、少しもすまなそうには聞こえなかった。「僕はこの病院の顧問医の一人なんだ。だから君が看護実習生に志願したのは、当然僕も知っていた」教授の口元が、今一度おかしそうにぴくついた。「何度もチャンスをあげたはずなのに、なぜ打ち明けてくれなかったんだい？」

ポリーは膝の上で固く組んだ手を見下ろした。

「そんなこと、あなたは興味がないと思ったんです」

ポリーの声はひどく弱々しかった。だがそれも一瞬のことだった。不意にポリーは教官の教えなどかまわず、辛辣《しんらつ》な口調になった。「いいえ、あなたに知られたら笑われると思ったんです。これからわたしは、病院の顧問医に生意気な口をきいた罰を受けるんでしょう？　看護実習生は医師とは直接、話をしてはいけないことになっているんですから」

「主任には、僕たちが古くからの知り合いで、君が思いがけず僕の姿を見て驚いたのだと説明しておいた。彼女は怒っていなかったよ。ところで明日から非番なんだろう？　今夜、家に帰るのかい？」

「ええ。父が迎えに来てくれます」

教授は受話器を取り上げた。「その必要はない。

実は今夜ウエルズ・コートに用事があるんだ。ついでだから送ってあげるよ」ポリーがそっけなく断ると、教授は怒ることもなく続けた。「別に面倒でも何でもないんだよ。君の家の前を通るんだから」

ポリーは押し黙り、教授が彼女の家に電話をかけ、母に愛想よく事情を説明するのを、そして夕食の誘いを残念そうに断るのを聞いていた。「それでは、午後七時半ごろにうかがいます」そう言って教授は受話器を下ろした。

「六時に病院の正面玄関を出たところで待っている」ポリーが立ち上がろうとしたのを教授は制した。「看護師の仕事はどうだい？ 最初はあまり面白くないのではないかな？ 赤ん坊にミルクをやったり、おまるの後始末をしたり、調剤室や病理検査室の場所を覚えたり、そんなことばかりで」

「気に入っています」ポリーは教授に会えた喜びをうまく押し殺し、いつもの冷静さを取り戻していた。「あなたは毎日ここにいらっしゃるんですか」

教授の顔にゆっくりと笑みが広がった。「ほとんど毎日ね。週に三日、手術があるし、外来患者の診察や病棟の回診もある。ここ以外にも、ブリストルの病院に非常勤で通っている」

「それなら、なぜ出版のお仕事も？」

「出版の仕事はしていないよ。僕もラテン語とギリシャ語に興味があったので、サー・ロナルドと親しくしていたんだ。どうやら僕以外には本の出版に労をとろうという者はいないようだったし、たまたま懇意にしている人間が、あの手の学術書を扱う出版社にいた、それだけのことだ。ところで君は、そんなふうに髪をアップにしないといけないのかい？」

ポリーは驚いた顔で教授を見返した。「だって、髪を垂らしたままでナースキャップをかぶることはできませんから」

教授はじっとポリーを見つめた。「そうだな。そろそろ仕事に戻りたまえ。副主任にきつく当たられても気にしないように。ベイツ主任が、僕たちが古い友人だという話を口づてで広めてくれるそうだから、さっきの件はもう心配しなくてもいい」ポリーがドアに向かうと、教授は静かに告げた。「君は僕に会えてうれしそうだったね、ポリー」

ノブに手をかけたままポリーはふり返り、冷静さを装って答えた。「びっくりしただけです」

赤ん坊にミルクを飲ませながら、ポリーはハニバン看護師に事情を説明した。実はジャービス教授とは知り合いで、こんなところで会って驚いたのだ、と。「そうらしいわね」ハニバン看護師は答えた。「あなたが驚きのあまり病院の規則を忘れてしまったのも無理はないと、主任が言っていたわ」それから彼女は横目でポリーを見やった。「ジャービス教授ってすてきだと思わない？　回診の途中でわたしたちにも気さくに声をかけてくれるし、子どもたちとも遊んでくれるし、急を要する患者がいればどんな時間帯でも駆けつけてくれるのよ」それから赤ん坊の背中を軽くたたいてげっぷをさせた。「でも、そんな男性と結婚する女性は大変だわ。彼の婚約者を知ってる？　美人なの？」

「ええ、とても美人よ」ポリーは抑揚のない声で答えた。タイミングよく赤ん坊が大声で泣きだしたので、それ以上の話はせずにすんだ。

家に帰る支度をポリーがしていると、同期の仲間が入れ替わり立ち替わり部屋にやってきた。

「列車で帰るの？」一人がたずねた。

ポリーは髪をとかしながら答えた。「いいえ、車よ」

「誰か迎えに来てくれるの？」

「正確には違うわ。送ってもらうの」

「あら、運がいいわね。誰に？」

知り合ってたった一週間なのに、同期の仲間とは驚くほど仲よくなっていた。「実はジャービス教授に送ってもらうの」

わあっと歓声があがった。「すごいわ。教授はこの顧問医で外科部長でしょう?」

「たまたまわたしは教授の妹と知り合いで、教授は父の知り合いなの。教授はうちの近所を訪ねる用事があるので、ついでに送ってくれるんですって」

「せっかくドクターと二人きりになれるのよ。このチャンスをむだにしないでね、ポリー」誰かの軽口に、みんな声をあげて笑った。

「あら、教授は婚約しているのよ。じゃあ、また日曜日の晩にね」ポリーはそう言って部屋を出た。

看護師寮は地下道で病院とつながっている。ポリーはきびきびと歩きながら、分厚い壁ごしに地下まで伝わってくる病院の物音に耳を澄ませた。

最後の曲がり角で道を間違えてしまい、ポリーはあわてぎみに玄関ホールに出た。もし教授がいなかったら? 何か重要なことが起きて、教授が連絡を忘れていたら? そもそも、あれが教授の冗談だったとしたら? ポリーは恐る恐る大きなドアに近づくと、おずおずと外に出た。

教授はちゃんとそこにいた。ベントレーの運転席で目を閉じている。近づいても教授が動かなかったので、ポリーは窓からのぞきこんだ。不意に教授が目を開けたので、ポリーは低い悲鳴をあげて飛び上がった。「すみません、あなたを起こすつもりはなかったんです」

「僕は眠っていたわけじゃない」

教授は車を降り、助手席のドアを開けてポリーを乗せてくれた。こんな大きな車なのに、教授は体を折りたたむようにして再び運転席に乗りこんだ。

よく晴れた暖かい夜だった。しばらく話がはずまなかったが、やがて教授が、自分は病院でどんな仕事をしているのか話しだした。これまで教授が自分のことや仕事のことを聞かせてくれたことなどなかったので、ポリーは喜んで耳を傾けた。今になって教授は、家に不在がちだったのは、緊急呼び出しや海外でのセミナーのためだったと説明した。

「それだけ忙しかったら、自分の好きなことをする余裕がないのではありませんか？」

「自分のやりたいことをする時間くらい作れるさ。くだらない人づきあいを切り捨てればいいんだ」

「でも結婚したら、友だちの家を訪ねたり、逆に訪ねてもらったりするでしょう？」

「そうだろうね。だが友人を食事に招くことと、退屈な連中と中身のない会話を交わすことの間には、大きな違いがある」

ポリーは返事らしきものをつぶやき、ディアドレならどう思うだろうと考えた。「でも、あなたはよくディナーに出かけていました。それにディアドレにも、たくさんお友だちがいるでしょう」

今度は教授が何かつぶやく番だった。つぶやきというより小声の悪態に近かったので、ポリーは話題を変えた。「これまで治療した子どものことを教えてもらえますか？　知らないことが多すぎて、このままではよい看護師になれそうにありません」

悔しいことに、教授はその通りだと答えた。それでも、これまでに手がけた興味深い症例について話をしてくれた。ポリーは熱心に耳を傾けた。もっとも彼女が聞いていたのは、言葉の内容というより教授の声だったのだが。

自宅が見えてくると、ポリーはドライブがもっと長く続けばいいのにと思わずにはいられなかった。ひょっとすると、これから何日も教授の姿を見られないかもしれないのだ。それに、たとえ病棟の回診があっても、言葉を交わすことはできないのだから。

ベントレーが玄関の前に停《と》まると、待ちかまえていたようにミセス・タルボットが現れた。

「夕食をごいっしょできないのはわかっていますが、せめてコーヒーを一杯いかがですか？　それなら五分とかかりませんもの」

「ありがとうございます。では、コーヒーを一杯だけ。今夜は出かける予定がありますので。

コーラとマリアンは留守だったし、ベンも出かけていたので、家の中は静まりかえっていた。教授は言葉どおり、コーヒーを一杯しか飲まなかった。当然だわ、とポリーは思った。楽しく話し相手をつとめるコーラもマリアンもいないんだもの。ポリーが送ってもらった礼を言うと、驚いたことに教授はこう言った。「日曜日の夜、七時に迎えに来る。それでかまわないかい？」

「わたしを？」ポリーは間の抜けた返事をした。

「また送ってくださるんですか？」

「何かほかに予定でも？」こちらを見下ろす教授はほほえんでいた。

「いいえ。父に送ってもらうつもりでした」

「僕が君を送っていけるのに、わざわざお父さんに送ってもらう必要はないだろう」

「それでは、ありがたく七時にお待ちしています」

高速で丘を越えていくベントレーを見送りながら、ポリーは独りごちた。「なぜあちらへ向かったのかしら？　てっきりウエルズ・コートへ行くのだとばかり思っていたのに」

「きっとフィアンセとデートなのよ」ミセス・タルボットは答えた。

教授が帰宅したときの光景を見ることができたら、ポリーの心は浮き立っていたことだろう。ディアドレは不機嫌この上ない様子で客間を行ったり来たりしていた。いっぽうダイアナは、ディアドレのいらだちなどどこ吹く風で、ソファで本を読んでいた。

教授が入っていくと、ディアドレはふり向いた。

「いったいどこへ行っていたの？　もう何時間も待

っていたのよ。ディナーの途中でのこのこ姿を見せたりしたら、ケアリー家の人たちに何と思われるかしら。今日はサー・エドワード・トームズもおいでになるのよ。サー・エドワードはとても顔の広い方だから、お近づきになっておけば、あなたを個人的なかかりつけ医にする人をたくさん紹介してくださるはずなのに。ディナーに遅刻したら、サー・エドワードに何と思われるかしら」

「サー・エドワードには好きに思わせておくさ。彼の助けがなくても仕事はやっていけると思うから」

「ほかのことに夢中になって、今夜のことを忘れていたんでしょう？」ディアドレは皮肉っぽく言った。

教授の目が楽しそうにきらめいた。「まあ、そんなところかな。とにかく支度してくる」教授は戸口でふり返った。「ダイアナ、君も来るかい？」

「頼まれても行かないわ」ダイアナは宣言すると、読書に戻った。

いっぽう久々に家族に囲まれたポリーは、ミセス・タルボットのおいしい夕食を食べながら、一週間のできごとを面白おかしく語っていた。「大変な仕事だけど、けっこう楽しんでいるわ。先輩のフリーダ・ハニバンという看護実習生が、いろいろ教えてくれるの。主任看護師もいい人よ」

ミセス・タルボットは手をふって、主任看護師の話を打ち切った。「それで、サムがいきなり病棟に現れて、あなたをびっくりさせたのね？　それはまたずいぶんと……」ミセス・タルボットは言葉を切り、言いかけた言葉を変えた。「興味深いわね。彼は子どもの扱いがうまいの？」

「ええ、それはもう！」教授のことを話せる喜びにポリーの顔が輝いた。「病気がよくなった子どもに〝高い、高い〟をしてあげたり、本当はいけないんだけれどベッドに座って遊んであげたり」不意に家族がみんな自分を見つめていることに気づいて、ポリーはぎこちなく話を締めくくった。「でも病棟では、主任や副主任としか言葉を交わさないの。わたしを見かけても、おはようと声をかけてくれる程度よ。それはそうと、ジョゼフ・テイラーという感じのいい研修医がいるの」話をそらせないかと思って持ち出した話題に、ありがたいことに家族は興味を示してくれた。

二日間の休日はあっという間に過ぎた。ポリーはシャイロックと散歩に出かけ、村に買い物に行き、礼拝に出席し、二人の姉がボーイフレンドの品さだめをするのに耳を傾けた。コーラもマリアンも本命の相手がいるわけではなく、ボーイフレンドの誰かを冗談にして笑っていた。ポリーは二人の話を聞きながら、自分は教授のことでけっして冗談を言うことなどできないと思った。それどころか、彼への気持ちを誰かに打ち明けることさえできないだろう。教授を愛していることは、生涯、心に秘めておかなければいけないことなのだ。教授が愛している相手がディアドレだなんて、何とも気の毒だ。教授が深夜に疲れて帰宅しても、ディアドレは彼をいたわりなどしないだろう。わたしなら、彼がどれほど機嫌が悪くても彼を愛し、幸せにしてあげられるのに。

もちろん、彼がわたしを愛してくれればの話だけれど。でも彼は、わたしのことなど好きでもなんでもない。車で送ってくれるのだって、義務だと思ってしていることに違いない。

「ねえ、来週もうちに帰ってくるの？」ぼんやりしていたポリーに、コーラがたずねた。

「たぶんね。水曜と木曜が非番だから」

「またサムに送ってもらうわけ？」

ポリーは首を横にふった。「まさか。今週はたまたま彼もこちらに来る用事があったので、送ってくれただけよ」

日曜日の夜、七時きっかりに教授はポリーを迎え

「まあ、かわいそうに」ポリーは思いやり深く言った。「食事のできるところを急いで探しましょう」

教授の口元がほころんだ。「チェルトナムのはずれのホテルに、おいしいレストランがあるんだ。ところで看護師寮の門限は何時だい?」

「夜中の十二時です。もちろん、しかるべき理由があれば別ですけれど——」だしぬけにポリーは言葉を切った。自分の台詞《せりふ》が、デートに誘っているように聞こえかねないと気づいたからだ。そんな気持ちはさらさらなかったが、もし誤解されたら、どんな辛辣《しんらつ》なことを言われるかわかったものではない。

教授は何も言わず、不安げなポリーの横顔に目をやってほほえんだ。「規則が厳しいんだな」教授はさりげなく言った。「だが夜遊びをしていては、昼間の仕事にさしつかえるからね」

話がおかしな方向に進まなかったので、ポリーはほっと安堵《あんど》のため息をついた。次に何を言おうかと考えている間に、教授がふたたび口を開いた。


に来た。今回はコーヒー一杯を飲む暇もなく、ポリーを車に押しこんだ。

「休日は楽しかったかい?」教授がたずねた。

「ええ、とても。あなたも楽しい週末でしたか?」

「いや」教授の答えがひどくぶっきらぼうだったので、ポリーは話題を変え、しばらく天候の話をしてから、やがてサー・ロナルドの本のことをたずねた。

「秋に出版される予定だ」それだけ言って教授は黙りこんだ。彼の横に座っているだけで幸せだったポリーは黙って景色を眺めていたが、やがて控えめにこうたずねた。

「この道もバーミンガムに続いているんですか?高速道路を下りてしまいましたけれど」

「いっしょにディナーを食べたいと思うんだが、かまわないかな? 今日は昼食が軽かった上に、お茶の時間が取れなかったので、僕はおなかがぺこぺこなんだ」

考えているうちに、車はホテルに到着した。

品のいいレストランのテーブルにはろうそくがともり、カットグラスや銀器がきらきらと輝いていた。ポリーはおいしそうな匂《にお》いに鼻をくすぐられながら、シェリーのグラスを受け取り、メニューを子細に眺めた。「こんなことなら、もっときちんとした服を着てくればよかったわ」

教授はちらりとピンクの服に目を走らせた。「その服で十分だよ」その言い方は、まるでこの瞬間までポリーのことを見てもいなかったように聞こえた。「スープかオードブルを頼むかい?」

ポリーはオードブルにアボカドと海老《えび》のサラダを、メインには白ワイン風味の舌平目のムニエルを、そしてデザートには濃厚なチョコレートソースのかかったマーブルスフレを選んだ。彼女はどの料理にも旺盛《おうせい》な食欲を見せ、手放しでその味を楽しんだ。

会話も終始なごやかだった。二人はギリシャ神話、乳幼児のとっぴな行動、薔薇《ばら》の剪定《せんてい》方法などについて楽しく語り合った。ふと時計に目をやったポリーは、もう十時近いのに気づいて、はっとした。

もっとも教授は少しもあわてなかった。病院の近くまで帰ってきてはじめて、ポリーはあることに気づいた。「ひょっとして、わたしを送るためにわざわざ遠回りしてくださったんですか?」

「僕はドライブを楽しんだ。それに、どこかで食事もしなければならなかった」教授は穏やかに答えた。

「でも、まっすぐ家に帰ることもできたのに……」

「家でなら、週末をたっぷり過ごしたからね」その口調は、それ以上の質問を拒んでいた。

教授は車を降り、玄関ホールの中までポリーを送ってくれた。後ろから誰か来たので、教授は礼儀正しく〝こんばんは〟と挨拶《あいさつ》した。声をかけられたストックリー副主任は、教授にはにっこり笑みを返したが、ポリーには目もくれなかった。

「君たちは挨拶もしない間柄なのかい？」

「そんなことありません。ただ、彼女は副主任ですから」ポリーは教授を見上げてほほえみ、不意になんだか気恥ずかしくなった。「送っていただいた上に、おいしいディナーをありがとうございました。どうか運転に気をつけて帰ってくださいね」

ポリーの気遣いに教授は驚いたように目を大きく見開き、声に笑いをにじませないようにして答えた。

「せいぜい気をつけて運転するよ」夜勤の守衛が興味津々でこちらを見ているのには知らん顔で、教授は身をかがめてポリーに軽くキスをした。

「僕たちはやっとここまでたどり着いた。でも、まだまだ道は遠いな。おやすみ」ポリーは何を言われたのかわからず、ぽかんとした顔で教授を見送った。

看護師寮では同期の仲間が待っていた。眠い目をこすりながら、ポット一杯のお茶を分け合い、ひとしきりおしゃべりに興じるのは楽しかった。誰もがポリーは父親に送ってもらったのだと思っている様子なので、ポリーはあえて訂正しなかった。誰も知らないのだから、病院の顧問医に送ってもらったのだとふれて回る必要もないだろう。

だが、知っている人はいた。ストックリー副主任だ。翌朝ポリーは、副主任とシーツ交換をしながら、必死でその手際のよさに追いつこうとしていた。不意に副主任が低い声で言った。「相手の好意につけ込んで、送ってくれとせがんだわけ？」

シーツの角をきちんと折りたたむことに気を取られていたポリーは、何のことかわからずきき返した。

「送ってもらう？　どこへですか？」

「しらばっくれるつもり、タルボット看護師？　顧問医に病院まで送ってもらったくせに。看護実習生がドクターと直接口をきいてはいけないのは知っているでしょう？」

「非番でしたから」ポリーは穏やかに答えた。

「そんなことは関係ないわ。医者と結婚したくて看護師になったわけ？　そういう娘は、あなたが最初じゃないわ。言っておくけれど、こんなことが知れたら、あなたは病院じゅうの笑いものよ。気をつけなさい。彼とデートしたんでしょう？」

ポリーはベッドの上がけをきちんとたくしこんだ。

「教授はわたしを病院まで送ってくれただけです」本当は食事もしたけれど。そう思ってポリーは顔を赤らめた。「それのどこが悪いんですか？」

その質問にストックリー看護師は答えず、意地悪な声でつけ加えた。「病院の噂話《うわさ》をあなどらないことね。ジャービス教授の人望は噂程度では揺るがないけれど、あなたは違うわ」ストックリー看護師はポリーをにらみつけた。「さあ、プライスの赤ちゃんにミルクを飲ませてらっしゃい。げっぷをさせるのを忘れないようにね」

その日の午後、ハニバン看護師がポリーにたずねた。「副主任の話は本当なの？　あっちこっちで、あなたとジャービス教授がデートして夜中に帰ってきたと言いふらしてるわよ。もちろん誰も真に受けてはいないけれど」

「昨夜、わたしと教授が病院の玄関を通ったときに、副主任も玄関に入ってきたの。でもデートなんかじゃないわ。ジャービス教授は、わたしを家から送ってくださっただけなのよ」

「そんなことじゃないかと思っていたわ。あれは負け惜しみなのよ。副主任はもう何年も前からジャービス教授に色目を使っているんですって」

「でも、教授は婚約しているのに」

「副主任がそんなことを気にすると思う？　もし教授と結婚できれば、玉の輿《こし》なんだもの」

夕食どきには、ストックリー看護師の言いふらした噂は病院じゅうに広まっていた。その日一日、ポリーはこれまで話をしたこともない看護師にいきなり呼び止められて、あれこれ質問されることが何度もあった。ポリーは表向き愛想よく質問に答えたものの、内心は怒り狂っていた。誰も噂を本気にしていないが、ゴシップを面白がっているのがわかったからだ。

　次の火曜日の朝、教授が回診に来たので、ポリーは不意をつかれた。先週の火曜日には、教授の回診はなかったはずだ。ちょうどポリーが病棟のあちこちで雑用を片づけていると、スイングドアが開いて、外科部長であるジャービス教授、ベイツ主任、外科副部長、研修医のジョゼフ、それに放射線科のスタッフが入ってきた。ポリーはあわててわきによけ、汚物処理室に逃げこもうとしたが、教授の大きな声が彼女を引き留めた。

「おはよう、ポリー。主任の話ではなかなかよくやっているようだね」教授はポリーにほほえみかけた。「日曜日の夜はよく眠れたかい？　君を送り届けるのが遅くなってしまったので心配していたんだ。そうそう、お父さんにも電話で伝えておいたが、今夜は僕もあちらへ行く用事があるので、ついでに送ってあげよう。六時半で都合はどうだい？」

　教授は何気ない調子を装い、みんなに聞こえるよう大きな声で話した。そしてポリーの返事を待たずに、主任に話しかけた。「今日の午後、パッツィーの再手術を考えているんですが」

　ポリーはミルクキッチンに逃げこみ、ハニバン看護師と哺《ほ》乳《にゅう》瓶の支度をしながら、教授の言葉を反《はん》芻《すう》した。あれは病棟のみんなに、彼はあくまで友人の娘を見守っているだけであって、二人の関係はやましいものではないと知らせるための台詞《せりふ》だ。教授にしては珍しい思いやりに、ポリーはくすりと笑った。けげんな顔をするハニバン看護師に、ポリーはたずねた。「ところで、ジャービス教授って何歳なのかしら？」

ハニバン看護師は驚いた顔でふり返った。「家族ぐるみの友人なのに知らないの？　三十六歳よ」

十六歳も年上なのだ。そう思うとポリーの心は絶望に沈んだ。心から彼を愛しているから、申し分のない妻になれると思っていた。だが、形勢は圧倒的に不利だ。美人でおしゃれなディアドレに外見で太刀打ちできるはずがないし、これだけ歳《とし》の差が開いていれば、教授には相手にもならない小娘だと思われているに違いない。いや、たとえわたしが三十歳だったとしても、教授はわたしなどには目も留めないだろう。

「鼻腔《びこう》栄養のやり方を教えてあげるわ」ハニバン看護師が言った。「主任が、あなたなら大丈夫そうだから、試しにやらせてごらんなさいって」

いつもならうれしくなるようなほめ言葉にも、ポリーの心は少しも浮き立たなかった。

六時半に間に合うよう帰り支度をするのは、至難の業だった。当番表に非番と書きこんであることと、実際に仕事から解放されることは別物だとポリーは思い知った。仕事は際限なくあった。赤ん坊にミルクを飲ませ、シーツを交換し、新しい患者のためにベッドの支度をする。火傷《やけど》をした二歳児の包帯を替える副主任の手伝いをしながら、ポリーはちらりと時計に目をやった。とっくに五時半を過ぎているのに、副主任はポリーを解放しようとはしなかった。教授が待ちくたびれて先に行ってしまうかもしれないと思っても、帰らせてくれと言いだすことはできなかった。膝に抱いた子どもをあやしながら、ポリーは必死で頭を働かせた。もし六時までに病棟を出られたら、何とか間に合うかもしれない。あまり遅くなるようなら、父に電話して迎えに来てもらおう。

ようやくストックリー副主任は包帯の交換を終え、汚れた包帯を汚物処理室に持っていくようポリーに言った。どうやら副主任は、ポリーが五時に非番になることを忘れたふりをしているらしい。もう五時五十分だ。あと数分でここを出ないと間に合わない。

廊下へ駆けだしたポリーを副主任が呼び止めた。

「その包帯はいったん水ですすいでからランドリーバッグに入れるのよ。それがすむまでは帰れませんからね」

「今すぐ帰っていいわ、タルボット看護師。一時間前にあなたの勤務は終わっています。休暇を楽しんでいらっしゃい」ベイツ主任の声は静かだったが、あらがいようのない威厳に満ちていた。ポリーは礼を言うと、大急ぎで寮に駆け戻った。

ポリーはシャワーを浴びて着替えると、大急ぎで化粧をすませ、玄関ホールへと急いだ。ベントレーが待っていた。教授はいらだっているようだった。当然だ。五分も遅刻したのだから。

「申し訳ありません。すぐに仕事を抜けられなくて。もう間に合わないかと思いました」

走ってきたのと、教授に会えたうれしさとで、ポリーは息を切らして車に乗りこんだ。「ベイツ主任は非番だったらしいな？」教授が言った。

「ええ――少なくとも、ついさっき、わたしを帰らせてくれるまでは。さもなければ……」

「ストックリー副主任が、いつまでも帰してくれないところだった、かい？」

「そんなことはないと思いますが、どうやら副主任には目の敵にされているみたいで」

「その――われわれに関する噂は下火になったのかな？」ポリーが顔を赤らめるのを見て、教授は続けた。「あの噂は、副主任が広めたんだろう？」

「ええ。今朝は病棟であんなふうに言ってくださってありがとうございました。おかげで、あなたが父の友人としてわたしを見守ってくださっていることが、みんなに伝わったと思います」

教授の口元がほころんだ。「たしかに、これだけ年齢の差があれば、そのようにも見えるな」

「わたし、二十歳よりはずっと年上の気がします」ポリーは言った。「でもあなたは、実際より若い気分のことが多いのではありませんか？」

「そうでもないさ」教授は悠々と前の車を追い越した。「木曜日の晩に帰ってくるんだね？　大学で講義があるから、帰りにまた送ってあげよう」

「そんなわけにはいきません。お気持ちはうれしいですけれど、そんなことをしていただいたら――」

「また副主任にいじめられる？　無視したまえ、ポリー。人にどう思われようが、僕は僕のしたいようにする。君はもっと気概のある人だと思っていたよ。僕の車の助手席が空いているのに、君のお父さんがバーミンガムまで往復するなんて、もったいない話だ。何より、君がバスや列車で移動すると思うとがまんならない」教授は不意に厳しい声を出した。

「この話はこれでおしまいだ」


ポリーの家に着くと、教授は家に入ることもなく、みんなに愛想よく挨拶だけして、帰っていった。

「本当にサムは親切だこと」ミセス・タルボットはつぶやくと、ポリーが勢いよく夕食を食べる様子を見守った。「病院ではまともな食事を出してもらえないの、ポリー？　なんだか顔色が悪いし、ちょっとやつれたみたいよ」

「おなかがすいてるだけよ」ポリーは明るい口調で答えた。これまでポリーは恋わずらいで痩《や》せるなんてありえないと思っていたが、どうやらそれは本当らしい。もっともポリーは、痩せた原因は病棟でせっせと働いていることも大きいと思っていたけれど。

翌日は残念なことに雨が降ったが、その次の日は好天になった。ポリーは二人の姉と庭で苺《いちご》を摘み、芝生の上でピクニックランチを食べた。

お茶の時間にダイアナが電話をかけてきた。次の休日に遊びに来ないかと言うのだ。「話したいことがいっぱいあるのに、話し相手がいないのよ。サムはファッションの話はしてくれないし、ボブが来週帰ってくる前に、いろいろ買ったものを誰かに見てもらいたいの。お願いだから来てちょうだい」

「ぜひ行きたいわ。休みは水曜と木曜よ。実を言うと、火曜日の午後五時過ぎには非番になるの」

「それじゃ、来週の火曜日にバーミンガムの美容院に行くから、待ち合わせていっしょに帰りましょう。夕方六時ごろ病院まで迎えに行くわ」

木曜日の夜、迎えに来た教授は何か物思いにふけっているようだった。教授が怒っているのか心配事があるのかポリーにはわからなかったが、何もきかないでいるのが一番よさそうだった。ポリーの忍耐は十五分ほどで報われ、教授はいつものように快活に話しだした。ダイアナの結婚式の話題が、いい具合に間を持たせてくれた。

「ダイアナは来週君に会うのを楽しみにしているようだ」病院に着いても、教授は車を降りようとはしなかった。「心ゆくまでおしゃべりするつもりらしい」

「ええ、わたしもダイアナに会うのが楽しみです」そのときは教授も家にいるのだろうか。何より、教授はいつ結婚するのだろう。夏至はもうすぐだ。ポリーはうなだれ、心の中でため息をついた。

「近いうちに君と話をしなければいけないな」教授は静かに告げると、車を降りて助手席側のドアを開けた。

話って何だろう？　看護師の仕事のことだろうか？　ひょっとしてわたしは、自分で思っているほど仕事ぶりがよくないのかもしれない。わたしの手際が悪いと副主任が文句を言っていることは間違いない。サー・ロナルドの本のことだろうか？　あの本に関してはラテン語とギリシャ語が役に立ったが、十人並みの器量しかない娘が教授のような男性を惹《ひ》きつけるのに、古典の知識など何の役にも立たない。

教授は病院のドアを開けると足を止め、ポリーを見下ろした。そして、唐突にこう言った。「君がナースキャップの中に髪を隠さなければいけないのは残念だな」

ポリーは驚きのあまり、頭に浮かんだままを口にした。「だって、看護師はナースキャップをかぶるものです」

教授はポリーの頬を優しく指でなでた。「君は看護師にはならないよ、ポリー」

それから教授は、おやすみと言って、ポリーの返事も待たずに行ってしまった。返事を待つ必要はなかった。なぜなら、ポリーはひと言も口がきけなかったからだ。

6

それから一週間、ポリーが教授と顔を合わせることはほとんどなかった。病棟の回診が二度、あるにはあったが、言葉を交わしたとも言えないほど儀礼的に挨拶《あいさつ》をしただけだった。

実習を始めたばかりのころの興奮が冷めてくると、毎日くりかえされる食事の世話、おむつの交換、汚れた包帯の後始末、使い走りといった決まりきった仕事がつまらないものに思えてきた。もちろんポリーは、これが一時的なものだとわかっていた。今は疲れて気分が落ちこんでいるだけで、もっと本格的な看護ができるようになれば仕事も面白くなるはずだ、と。その一方で、〝君は看護師にはならない〟

と教授に言われたことが、ポリーの脳裏を去らなかった。それならなおさら頑張って優秀な看護師になり、教授を見返してやるのよ――ポリーは不安をふり払うように自分に言い聞かせた。でも、わたしが立派な看護師になったところで、教授は気にも留めないだろう。そのころには彼は結婚して、ほかのことで心がいっぱいのはずなのだから。

手に入らないものを欲しがっても仕方がない。ポリーはできるだけ教授のことを考えずに過ごそうと、日中は病棟のあわただしい仕事に身を任せ、夜は夜で、同期の仲間と映画を観《み》たり、フィッシュ・アンド・チップスを食べたり、お茶を飲みながら講義のノートを写しあったり、おしゃべりをしたりして過ごした。

「あなたは運がいいわ」内科に配属されたサリー・シムズという娘が言った。「外科にはジャービス教授がいるんだもの。内科のドクター・フロストときたら、太った頑固なお年寄りで、にこりともしないんだから。教授とは大違いよ」サリーはお茶のおかわりを注《つ》いだ。「今週も教授に送ってもらうの？」

「いいえ、今週は教授の妹さんと過ごす予定なの」

「妹さんはどこに住んでいるの？」

「今は教授といっしょに住んでいるわ。でも彼女はもうすぐ結婚するのよ」

「教授も婚約しているんでしょう？　ひょっとしてダブル・ウエディングにするのかしら」

そんなことはないだろうとポリーは答えた。ディアドレが、結婚式の主役の座をダイアナのような美人と分け合うとは思えない。

火曜日の夕方、ポリーは余裕をもって支度をすませたが、エントランスホールに行ったら教授に会ってしまいそうで、ぎりぎりまで部屋で時間をつぶしていた。幸い、ポリーが玄関を出るのと同時に、ダイアナのミニが病院の前にすべりこんできた。

ダイアナは嬉々《きき》として車を発進させた。「ポリー、あなたがいなくてどれほど寂しかったか！」

「ボブはもう帰国したの？」

「いいえ。土曜日に、わたしがヒースロー空港まで迎えに行くの。しばらくうちに滞在してもらって、結婚式のあれこれを相談するつもりよ。それはそうと、わたし、ウエディングドレスを買ったの！　本当はロンドンで買うつもりだったんだけれど、今日、通りすがりのブティックをのぞいたら、まさに思っていたとおりのドレスがあったのよ。家に帰ったら見せてあげるわね。今夜はサムがいないから、二人きりで気兼ねなく過ごせるわ」

ポリーは失望をのみこんだ。もちろん教授が家にいるはずがない。教授だってディアドレと結婚式の相談をしているに違いないのだから。ポリーはさりげなくたずねた。「お兄さんが結婚するのは、あなたより先なの、後なの？」

ダイアナは見事なハンドルさばきで車を一台追い抜いた。「さあ。もうすぐだと思うけれど」

「相変わらずディアドレは夏至に結婚すると言っているのかしら？　夏至といえば、もう来週よ」

「さすがにそれは無理だと思うわ」ダイアナはにべもなく言った。「そんなことより、病院の話を聞かせてちょうだい」

そこでポリーは、退屈な部分ははしょって、自分の失敗を面白おかしく話して聞かせた。「この調子では、立派な看護師になれそうもないわ」

「まさかギリシャ語とラテン語のほうがよかったなんて言わないでね」

「もちろんよ。子どもたちはかわいいし、もっと専門的なことができるようになれば、仕事も面白くなってくると思うわ」

屋敷に着くとジェフが温かく出迎えてくれた。

「またお会いできてうれしゅうございます、ミス・

タルボット。ダイアナさま、お荷物をお運びいたしましょう。すぐお食事になさいますか？」

「そうしてちょうだい。おなかがぺこぺこよ」

ポリーは前と同じ部屋を使わせてもらうことになった。誰かが窓辺に、花瓶いっぱいの薔薇《ばら》を飾ってくれている。ポリーは薔薇の香りをかぎ、窓から庭を見下ろした。夕焼けに照らされた花壇は、さながら色彩の饗宴《きょうえん》だった。明日は朝食前に小川まで散歩に行こう、とポリーは思った。

夜は楽しく過ぎていった。ダイアナは買いこんだ服を次々と着ては、意気揚々と歩いてみせ、最後をウエディングドレスで締めくくった。オーガンジーとレースの裳裾《もすそ》を引いて歩くダイアナを見ると、ポリーの胸は苦しいほどの羨望《せんぼう》で満たされた。だがポリーはすぐにその気持ちを押し殺した。人をうらやんでも、不満と悲しみが募るだけだ。ポリーは心から賞賛の言葉を贈り、ダイアナがドレスを片づけるのを手伝った。

翌朝ポリーは早起きをして、犬と庭を散歩した。午前中はダイアナとテニスをし、プールで水泳を楽しんだ。六月にしては暑い日だったので、昼食後は裏の芝生にのんびりと寝そべって過ごした。夕食の直前になって、ダイアナに電話がかかってきた。やがて戻ってきたダイアナがひどくうれしそうだったので、ボブからの電話に違いないとポリーは思った。ところが、ボブとは金曜日まで連絡がとれないと聞き、ポリーは好奇心が抑えきれなくなった。ひょっとしてサムからの電話だったのだろうか。もうこれで何百回目になるかわからないが、サムはどこにいるのだろうとポリーは思い、その質問を言いかけては口ごもることが何度もあった。

その夜、ダイアナは兄のことを口に出さず、翌日も教授が話題にのぼることはなかった。午前中は好天だったのに、午後になると空気が湿っぽくなり、遠くに厚い雷雲が垂れこめだした。どうやら嵐《あらし》になりそうな雲行きだ。そこでポリーはお茶の時間にこう切り出した。「予定より早く出発しましょうよ。ずっとここにいたいのはやまやまだけれど、空模様が怪しいわ。今すぐ出かけたら嵐になる前に帰れるんじゃないかしら」

だがダイアナはポリーの心配を一笑に付した。「雷の一つや二つ、どうってことないじゃないの。それよりも、まだあなたに見せていない服があるの。せっかくだから、それを見ていってよ」

ダイアナのミニに乗りこんだときには、遠くの空で雷がうなりをあげはじめていた。エンジンがかかったとたん、ジェフが屋敷から駆けてきた。「サムさまからお電話で、車で出かけるのはやめるようにとの仰せです。この空模様は気に入らない、ミス・タルボットは後ほどサムさまがご自分で送っていくから、とおっしゃっています」

ポリーもこの状況で出かけるのは危ないと思っていたので、ほっと安堵《あんど》のため息をついたのもつかの間、ダイアナはジェフにこう答えた。「サムには、わたしたちはもう出かけたと言ってちょうだい。ポリーが早く帰りたいと言い張ったからって」

ダイアナは困り顔のジェフに手をふると、猛スピードで車を発進させた。「あなただって、さっき早く帰りたいって言ったじゃないの」ダイアナはくすくすと笑った。「それにしてもサムは、どうして急に余計な心配をするようになったのかしら」

ポリーは答えなかった。何か悪いことが起こりそうないやな予感がしたが、ダイアナと言い争ってもむだなこともわかっていた。一見、教授と少しも似ていないダイアナだが、言いだしたら聞かないところや、自分のやり方が受け入れられて当然だと考えるところは兄そっくりだったからだ。それでもポリーは提案だけはしてみた。「イーブシャムを回って行くほうが、道がすいているのではないかしら？」

「今日はスピードを出したい気分だから、高速道路を行くわ。それならサムが戻る前に帰れるもの」

「彼は病院なの？」うっかりポリーは質問してしまった。

「ディアドレとデートよ。あと何時間かは帰らないはずよ」そうこうするうちに空はますます暗くなり、時折稲光が走った。「ああ、やっと高速道路に着いたわ。これで思い切りスピードが出せるわ」

その言葉どおり、いきなり降りだした前も見えないほどの激しい雨ものともせず、ダイアナはアクセルを踏みこんだ。あたりはすでに暗く、雨に濡《ぬ》れたフロントガラスにほかの車のライトが点々とにじむ。ダイアナは時速百キロ以上で車を飛ばしていた。今は何を言っても聞く耳を持たないだろうと思い、ポリーは友人が速度を落としてくれるのを黙って祈った。ダイアナのハンドルさばきはすばらしかったが、わきをかすめるように二台の車が追い越していったときは、さすがに速度を落とさざるをえなかった。二台はまたたく間に遠ざかったが、数百メートル先で、後続車がいきなり先行車に追突した。降りしきる雨音をついて、金属のねじれるいやな音が聞こえたかと思うと、火柱があがった。

「路肩に寄って、車を停《と》めて、ダイアナ！」ポリーは叫ぶと、背後に目を凝らした。へたをしたら、自分たちも衝突してしまう。ポリーはもう一度前方に目をやった。今や二台の車は炎に包まれ、すでに何台もの車が立ち往生している。

「気分が悪いわ」ダイアナが言った。

ポリーはすかさずハンドルに手を伸ばし、ぎこちなくブレーキに足をのせて減速すると、路肩の待避所に停車した。ダイアナは真っ青な顔で目を閉じている。「ああ、なんてこと！　あの車は……」

ポリーも気分が悪かったが、ここで二人とも気を失うわけにはいかなかった。

ダイアナが涙声で言った。「あなたに車の運転ができるとは思わなかったわ」

「姉のボーイフレンドに少しだけ手ほどきしてもらったことがあるの」

ダイアナは鼻をすすった。「これからどうしたらいいかしら、ポリー？」

「警察が来るまで待つしかないわ」頭上で稲妻が光り、雷鳴がとどろいたので、ポリーは思わずひるんだ。もともと雷は苦手な上に、悲惨な事故を目のあたりにしたせいで、今にも緊張の糸が切れそうだ。

さすがのポリーも、いきなり誰かが窓をたたいたときには、思わず押し殺した悲鳴をあげてしまった。

震える手で窓を開けると、教授が車の中に顔を突っこんできた。再び稲妻が走り、濡れた髪を額にべったり張りつけ、不機嫌に口元を引き結んだ教授の顔が、暗い空を背景に浮かび上がった。

教授は怒りのこもった低い声で言った。「君が強情を張って出発したせいで、どれだけ迷惑をかけたかわかっているのか？　君はもっと分別があると思っていたよ。ダイアナはけがをしているのか？」教授は声を落として、つけ加えた。「できることなら、君の首を絞めてやりたいくらいだ！」

ポリーはダイアナに目をやった。信じられないことにダイアナは眠っていた。「いいえ、ダイアナなら無事です」有無を言わさず非難する教授の言葉を、ポリーは愕然《がくぜん》とかみしめていた。

「ダイアナの伝言を聞いてすぐ、君たちを追ってきたんだ」教授は言った。「ダイアナが路肩に寄るだけの分別を持っていてくれて本当によかった。ここで待っていてくれ。まずダイアナをベントレーに運んでから、君を迎えに来る」

「その必要はありません」ポリーはヒステリックに叫びだしたい衝動を必死でこらえ、震えそうな声を平静に保った。「わたしなら、けが人を運ぶ救急車に便乗させてもらって、病院へ戻りますから」

教授は荒々しく笑った。「ばかなことを言うんじゃない。これ以上、面倒を起こすつもりか？　言われたとおり、ここで待っているんだ」

教授は運転席のドアを開け、ダイアナを抱き上げた。ダイアナは一瞬目を開くと、弱々しく声をあげたきり、また目を閉じてしまった。ポリーはダイアナがうらやましかった。目が覚めて、すべてが悪い夢だと思えたら、どれほどいいだろう。

ポリーは教授が開けたドアを閉め、後部座席から自分のかばんを取って車を降りた。降りしきる雨の中を、教授の広い背中が遠ざかっていくのが見える。ポリーは教授の後は追わず、事故現場のほうへ向かうと、道の真ん中に停まっていたパトカーに歩み寄った。話を聞いてくれた警官は親切で、ポリーの名前や仕事先、それに目撃した状況について質問した後、ポリーを救急車に乗せてくれた。ありがたいことに、その救急車は重傷者を運ぶものだったので、二名の救急隊員が乗りこむとすぐに現場を離れた。

「何ともひどい事故だ」運転席の隊員が言った。「君は看護師だって？」

「はい。小児病院で看護実習生をしています。事故のときは、百メートルほど後ろを走っていました」

一瞬ポリーは事故のことを思いだし、気分が悪くなった。「あの……車に乗っていた人は……？」

「即死だったよ。その後の玉突き衝突で多くのけが人が出た。天気が悪かったのも災いした」

もう一人の隊員が口を開いた。「この車は中央病院までけが人を運ぶことになっている。そこから先は、君一人で小児病院まで戻れるかい？」

「もちろんです。少し歩けば、気持ちも落ち着くと思います」ポリーは震える唇に笑みを浮かべた。

「温かいお茶を飲んで、一晩ぐっすり眠るといい。

明日の朝になれば気分もよくなっているよ」

　中央病院に着くと、ポリーは二人に礼を言って救急車を降りた。すぐそばがメインストリートだったので、ポリーは小児病院の方へ行くバスに乗り、痩《や》せて上品な婦人と、新聞を読む太った男性の間に腰を下ろした。ポリーの向かいには気難しそうな顔をした年配の男性が座っていた。三人はちらりとポリーに目をやると、感心しないという顔で目をそらした。ポリーが人目もはばからず、ぽろぽろ涙をこぼしていたからだ。ポリーがバスを降りて雨の中を走り去ると、三人は憤然とした様子で目を見交わした。

　病院に着くころにはポリーの涙は止まっていた。ホールに入ると、守衛が詰め所から出てきて声をかけた。「タルボット看護師、あなたが無事に着いたかどうか、ジャービス教授が三度も電話をかけてきましたよ」はれぼったいポリーの顔を、守衛は心配そうに見やった。「教授の話では事故があったということですが、けがはありませんか？」

「わたしなら大丈夫よ。高速道路を走っているときに、すぐ目の前で衝突事故が起きたの。もしジャービス教授から電話があったら、わたしは無事だからとお伝えして」ポリーはこわばった笑みを浮かべた。

　守衛が交換台から連絡したのか、寮に戻ると寮長が待ちかまえていた。

　ポリーは居心地のよい寮長の部屋で何杯もお茶を飲みながら、悲惨な事故のことを洗いざらい話した。やがて寮長はポリーを部屋に連れていき、優しく促してベッドに寝かせると睡眠薬をのませた。そして、明日の朝、少しでも気分がすぐれないようなら起き出さないように、と申し渡した。

　だが一晩ぐっすり眠ったポリーは、いつもの落ち着きを取り戻していた。いくぶん顔色はさえなかったものの、ポリーは仕事ができるのを感謝しながら出勤した。仕事中にハニバン看護師が、ポリーが出勤しているかどうか、ジャービス教授が主任に問い合わせの電話をかけてきたと教えてくれた。その後、ポリーが赤ん坊にミルクを飲ませていると、主任が来て、気分はどうかとたずねた。「ひどい事故を目撃したときは、ショックから立ち直るのに時間がかかることもありますから。でもあなたの場合は、仕事をしているほうがよさそうね」

「はい、わたしなら大丈夫です」

「わかりました。今日の講義は午後四時からに時間が変更になりました。昼食後はいったん病棟の仕事に戻り、講義の後で直接、寮に帰ってよろしい」

昼食の席は事故の話でもちきりだった。だが、ありがたいことに同期の仲間は、ポリーを気遣ってほかの話ばかりしてくれた。昼食後ポリーはハニバン看護師と病棟に戻り、洗濯ものをたたむという単調な仕事に取りかかった。最初はハニバン看護師がいっしょだったが、そのうち呼ばれて行ってしまい、ポリーは一人でシーツやタオル、数え切れないほどのおむつ、ベビー服などをたたむ羽目になった。リネンクロゼットでよだれかけを数えていると、いきなりドアが開いて、教授が入ってきた。

教授の姿を見て、ポリーの心臓は一瞬鼓動を止め、すぐに激しく打ちはじめた。教授の穏やかな表情に怒りを思わせるものはなかったが、その目は暗くすんで冷ややかだった。怒りっぽくて、癪《しゃく》にさわるけれど、でも愛《いと》しい人。ポリーの胸に愛しさがこみ上げた。でも昨日、怒りのあまり投げつけられた理不尽な言葉を思い出し、いつもは穏やかなポリーの心に意地の悪い気持ちが生まれた。もし彼が謝りに来たのなら、素直には許してあげるものですか。

ところが、それは思い違いもはなはだしかった。ドアを閉めた教授は、何も言わずにただポリーを見つめるだけだったからだ。

やや落ち着きを取り戻したポリーは、多少ぎこちなく口を開いた。「主任にご用でしたら、呼んできましょうか」

だが教授はポリーの質問を黙殺した。そして、まなざしに劣らず冷ややかな声で言いはなった。「僕の指示に従わず、無理やりダイアナに車で送らせるとはどういう了見だ？　そこまでして僕を怒らせたかったのか？」

ポリーは思わず枕《まくら》の山に座りこみ、膝にきちんと両手をそろえて教授を見上げた。どうやらダイアナは兄に本当のことを打ち明けていないらしい。そうなるとポリーには誤解を解く術《すべ》はなかった。

「ダイアナは大丈夫ですか？」

「ベッドに寝かせて鎮静剤をのませた。今朝、僕が様子を見たときには眠っていた」教授は冷ややかな笑みを浮かべた。「話をそらそうとしてもそうはいかない。事故に巻きこまれていたら、二人とも死んでいたかもしれないんだぞ。たとえ君が車の運転をしなくても、日照りの後に大雨が降れば、路面が滑りやすくなることくらい知っているはずだ。今にも嵐が来そうな空模様なのは一目瞭然《りょうぜん》だったのに！　なのにダイアナを言いくるめて運転させるとは！」

ポリーは黙って自分の手を見下ろした。口を開いたら事情を説明してしまいそうで、必死で口をつぐんだ。それに、たとえ説明したところで、教授はポリーが言い逃れをしていると思うだけだろう。

教授は深々とため息をもらした。「君を力いっぱい揺さぶってやりたいくらいだよ」

ポリーは立ち上がると、慇懃《いんぎん》に告げた。「あと五分で講義が始まりますので失礼します」ポリーはなけなしの落ち着きを装って教授の横をすり抜けた。そしてノブに手をかけ、千々に乱れる心を冷静な声で隠して言った。「これからは、極力あなたのじゃまをしないように気をつけます。この病院で実習を始めてしまったことだけが残念です。あなたには二度と会わないつもりでしたから」

申し分ない退場の台詞《せりふ》になるはずだった。だが、教授がポリーの腕をつかんで引き留めた。

「まさか本気じゃないだろうね、ポリー」その声があまりにも優しかったので、ポリーはつっかえながら心にもない言葉を口にした。

「も、もちろん本気です……」それ以上何か言ったら本心をもらしてしまいそうで、ポリーは教授から身を引くと、講義に行く許可をもらうために主任室へ急いだ。

ベイツ主任は思案げにポリーを見つめた。ポリー・タルボットは浮ついたところのない娘で、優秀な看護師になるあらゆる素質が備わっている。それなのに今のポリーは、血の気のない顔に目ばかりきらめかせている。いったいジャービス教授に何を言われたのだろう。主任室を出ていくポリーの後ろ姿を見ながら、ベイツ主任は考えた。あの娘は、教授の好みのタイプとは思えない。それでも、去年のクリスマスに教授が連れてきた、あの横柄な女性よりは格段ましだ。病棟の小さな患者たちを心から愛しているベイツ主任は、甘えてきた子どもたちを邪険に突っぱねたディアドレを許すことができなかった。どうして教授には女性を見る目がないのだろう。主任は悲しげに首をふった。教授は子どもが大好きなのに、流行ばかり追いかけるあの女性が子どもを欲しがるとは思えない。

ポリーは、いかにも熱心に耳を傾けている様子で講義に出席していた。要所要所でノートもとったが、後で見るとその字は判読できなかった。教官の鋭い目は、ポリーの顔色が悪いことを見逃さなかったが、ポリーは大丈夫だと請け合った。

自分の言葉を裏づけるように、ポリーはその日の夕方、友人たちと映画を観て、部屋に戻るとテイクアウトのフィッシュ・アンド・チップスと紅茶でテイーパーティを開いた。ふだんは物静かなポリーが、このときばかりは率先してはしゃいでいた。

だが夜になると、ポリーは泣きながらベッドに入った。泣く理由など何もないのだと、ポリーは何度も自分に言い聞かせた。教授にきらわれていることは、もうずっと前からわかっていた。何を今さら悲しむことがあるだろう？　教授が腹を立てるのも当然だ。彼の伝言を無視したのはポリーのせいだと思っているのだから。ポリーは目を閉じて眠ろうとした。ところが眠るどころか、ディアドレの希望が通れば、夏至には教授が結婚してしまうことを思いだしてしまった。ようやく眠りに落ちたポリーの頭の中には、真っ白なウエディングドレスを着たディアドレの姿が浮かんでいた。「ああ、サム」まどろむポリーの口から、思わずサムを哀れむ言葉がもれた。

次の朝、ポリーに手紙が届いた。上質な厚みのある封筒の中には、ダイアナの結婚式への招待状と、〝来なかったら許さないわよ〟という手紙が入っていた。

ポリーは招待状をポケットに入れた。もちろん、行くわけにはいかない。着ていく服もないし、誰も知り合いのいない式に出ても所在ないだけだ。それに、二度と教授のじゃまをしないと宣言した手前、顔を見せるわけにもいかないだろう。

教授を避けるのは難しいことではなかった。教授の姿は病院ではよく目立ったからだ。中庭を歩いていたり、ベントレーで走り去ったり、廊下で同僚と話をしたりする姿を、ポリーはしょっちゅう見かけた。病棟の回診もあったが、教授はポリーなど目に入らないような顔をしていたし、病棟では汚物処理室やミルクキッチンに逃げこむこともできた。今夜から非番になる。今日さえ何とかやり過ごせば、四日間は教授の回診はないはずだ。その間は外科副部長が回診に来るほか、必要に応じて研修医のジョゼフが来るだけだ。ポリーはジョゼフが好きだった。彼はポリーより少し年長で、自分に自信がなさそうな青年だった。回診のときには、教授の一言一句を聞きもらすまいとしているし、患者と話すときは教授の真似《まね》をしてポケットに手を突っこんでいる。いつだったかジョゼフが診察をしているときに、ポリーはジャービス教授をどう思うかときいてみた。とたんにジョゼフは教授への賛辞を並べたてた。〝教授はすごい人だよ！ 家に招いてもらってすごいディナーをごちそうになったこともあるし、何より教授は、僕の言うことによく耳を傾けてくれるんだ！〟

その日、ポリーの膝にのせた赤ん坊の耳をのぞきこみながら、ジョゼフはダイアナの結婚式に招かれたことを打ち明けた。「知り合いは誰もいないだろうけれど、式には出席したいと思うんだ。ちゃんとしたスーツがないから、誰かに借りるつもりさ」それからジョゼフはつけ加えた。「そうそう、今日、教授はお休みなんだ」

ポリーにはある意味でありがたい情報だった。教授がいないのなら、病院の中を移動するたびに、彼の姿が見えないかと辺りをうかがわなくてもすむ。よかったじゃないのとポリーは自分に言い聞かせ、それでいて、教授が病棟に姿を現さないかとひそかに期待せずにはいられなかった。

その願いは一時間後にかなえられた。ベイツ主任とストックリー副主任を引き連れて、教授が回診にやってきたのだ。ポリーに逃げる術はなかった。顔じゅうを涙でべとべとにした幼児をベッドに連れて帰る途中だったからだ。

教授はポリーには目もくれず、さっそく、重い火傷《やけど》で入院している幼い男の子の診察を始めた。ポリーは泣いている子どもをベッドに寝かせ、ぬいぐるみを並べ直すと、ドアに向かった。うれしい思い出のある場所ではないが、リネンクロゼットに身を隠そうと思いながら。ところがドアの手前でハニバン看護師に呼び止められた。「ポリー、ワゴンからシーツを取ってちょうだい。ぐずぐずしないで！」

ポリーは言われたとおり、ハニバン看護師を手伝ってベッドメイクをした。それが終わったころに、教授の一行がこちらに戻ってきた。遅れて合流したジョゼフが、今日はてっきりお休みだと思ったものでと、しきりに謝っている。ポリーはワゴンの横に立ち、すでにきちんとたたんであるシーツをたたみ直しながら、体が透けて見えなくなればいいのにと思った。

そのかいもなく、教授はポリーの横で立ち止まった。「ダイアナの結婚式には来てくれるんだろう、ポリー？」何て意地が悪いのかしら。みんながこちらを見ている以上、返事をしないわけにはいかない。「残念ながら出席できないと思います」ポリーは落ち着いて答えると、よそよそしい口調でつけ加えた。「その日は仕事がありますから」

そのとたん、失言だったとわかった。教授がこう答えたからだ。「それならベイツ主任に頼んで、君を非番にしてもらおう。お願いできますか、主任？ポリーが来られなければ、ダイアナがどれほどがっかりするか。ポリー、ジョゼフといっしょに来るといい。君たちに会えるのを楽しみにしているよ」

そのときになってようやく、ポリーは怒りに燃える目を上げて、教授を見つめた。教授はほほえみながら、断れるものなら断ってごらんという顔をしていた。ポリーは上ずった声で答えた。「ありがとうございます」いかにもうれしそうなジョゼフの顔をぶちたくてたまらなかった。

その夜は、父がポリーを迎えに来てくれた。ダイアナの結婚式の知らせは、家族一同に興奮を巻き起こした。「ローラ・アシュレイの服を買わないと！」

コーラとマリアンは声をそろえた。「明日、チェルトナムに買い物に行きましょう。いいわね、ポリー」

「いっしょにローラ・アシュレイの店には行くわ。でも服は自分で選ばせてちょうだい。あまり派手なものは買いたくないから」

二人の姉は顔をしかめた。「ポリーったら」

だが次の日、ポリーが選んだ淡いピンクのジャケットスーツには、コーラもマリアンも文句のつけようがなかった。たっぷりタックを取ったスカートはふわりと広がり、丈の短いジャケットには小ぶりのスタンドカラーがついている。結婚式ということで、繊細なレースがたっぷりついた真っ白なローンのブラウスも買った。気に入った帽子を探すのには少し時間がかかったが、やがて、服にぴったりの淡いピンク色の麦わら帽子が見つかった。これでコーラからローヒールのパンプスと手袋、それにバッグを借りれば完璧《かんぺき》だ。おかげでポリーの財布はほとんど空になってしまったが、マリアンが、もうすぐ初月給をもらえるはずだし、この服なら買っただけの価値があると請け合った。ポリーは買った服を持って病院に戻った。ドレスアップしたポリーの姿を見て、教授が雷に打たれたように恋に落ちてくれるという、ありえない夢を描きながら。ばかなことを考えないで。ポリーは自分に言い聞かせた。教授はすでにディアドレを愛しているのよ。ダイアナの結婚式に行けば、教授とディアドレが並ぶ姿を見ることになるだろう。そう思うといとわしかったが、それまでに気持ちの準備をする余裕はある。二人に会わずにはすませられないのだから、如才なく言葉を交わそう。

結婚式の日、おんぼろのフォードに乗ったジョゼフがポリーを迎えに来た。着飾ったポリーを見るなり、ジョゼフは言い慣れないほめ言葉を口にした。

「わあ、まるで別人みたいにきれいだよ」

教会の手前には、ロールスロイスにベンツ、ベントレーといった高級車が並んでいた。その隣にフォードを駐《と》めたジョゼフは不安そうだった。「ねえ、僕たちなんかが来てもよかったのかな?」

「当然でしょう」ポリーは答えた。「結婚式はみんなのものよ。それに、ここの車の大半は社用車だと思うわ。さあ、行きましょう」

礼拝堂はすでに招待客や村人でいっぱいだった。案内係が、二人を中ほどの席に案内してくれた。祭壇の前に立っている背の高い男性がボブだろう。感じのよさそうな男性だが、今は緊張しているようだ。会衆席のそこここに華やかなドレスがかいま見え、教授そっくりの鼻をした男性も何人かいた。きっと教授の親戚《しんせき》だろう。着飾った若者もあちこちに座っている。いかにもオートクチュールとわかる彼らのドレスを見ると、どれだけ背伸びをしておしゃれをしても、自分が着ているのは既製服に過ぎないのだと思い知らされた。

礼拝堂の入り口がかすかにざわめき、ディアドレが年配の夫婦を伴って入ってきた。ディアドレは鮮やかな黄色のドレスに、濃いピンクの薔薇の造花がたくさんついた帽子をかぶっていた。人目を引く派手なだけの色の取り合わせだったが、ディアドレの顔つきからすると、本人はご満悦のようだ。

「あの派手な美人は誰だい?」ジョゼフがたずねた。

「ジャービス教授のフィアンセよ」

「まさか、僕をかついでいるんだろう?」ジョゼフが大げさに驚いたので、ポリーの気分は少し軽くなった。ディアドレに続いて教授が、羽根飾りの帽子をかぶり、高価そうだが時代遅れの服を着た老婦人を伴って通路を歩いてきた。あれはおばあさまかしら? 老婦人の鼻は教授にそっくりで、自信に満ちた態度もまた教授と同じだった。やがてオルガンの演奏が始まり、こぼれんばかりの美しさのダイアナが、年配の男性と腕を組んでバージンロードを歩いてきた。結婚式のことをあれこれ聞かされていたポリーには、ジョージ伯父だろうと見当がついた。ブライズメイドをつとめるのはまだ小さな女の子たちで、かわいい服を着て、会衆席にちらちら目をやって母親を探していた。しつけのいい、かわいい子どもたちばかりで、日ごろ病棟でポリーが世話をしている子どもたちとは大違いだった。

式は短く、いつの間にか誓いの言葉が終わった。一同が立ち上がると、新郎新婦がバージンロードを出口に向かって歩きはじめ、その後ろを老婦人とジャービス教授が続いた。ポリーはその他大勢の招待客にまぎれ、心ゆくまで教授を眺めることを自分に許した。教授はさりげなく着こなしたモーニングスーツがとてもよく似合っており、周りの男性より頭一つ分は背が高いので、とても立派に見えた。教授は老婦人の話を聞くために背をかがめ、顔を上げた拍子にまっすぐポリーを見つめた。ポリーは目をそらさなかった。だがほほえむこともなく、さまざまな思いを込めて、ひたすら教授を見つめかえした。一瞬、教授の唇に笑みが浮かび、ジョゼフがうれしそうに言った。「ほら、教授がこっちを向いたよ！ところで、これからどうすればいいんだい？」

「しばらく待ちましょう」ポリーは答えた。その間に心臓の動悸《どうき》もおさまるだろう。「親族がみんな出ていったら、わたしたちも教授の家に行きましょう。道はわたしが知っているわ」

ジョゼフはポリーの腕を取った。「あそこに、さっきの派手な女性がいるよ。なんだか不機嫌そうだな。顔を合わせずにすむといいんだけど」

「それは望み薄だと思うわ」ポリーは断言した。「さあ、わたしたちも行きましょう」

7

フォードのエンジンの調子が悪かったので、ポリーとジョゼフはジャービス邸に到着した最後の客になった。玄関でにっこり出迎えたジェフが、二人をホールから客間へ案内してくれた。客間では新郎新婦と例の老婦人、そして教授とディアドレが、招待客がそろうのを待っていた。「来てくれてありがとう、ポリー。今日のあなたはとてもきれいよ」ダイアナがうれしそうに言って、ピンクに染まったポリーの頬にキスをした。「ポリー、彼がボブよ。ボブ、こちらがわたしの親友のポリー」

ポリーは教授の視線を意識しながらボブと握手した。教授に軽く腕にふれられて目を上げると、教授が老婦人にポリーを紹介した。「こちらはダイアナの友人でポリー・タルボットです。小児病院の看護実習生ですが、なかなか学識豊かなんですよ」

ポリーは、骨張った老婦人の手をそっと握った。婦人はかなり高齢だったが、ポリーを見つめるブルーの瞳は聡明《そうめい》に輝いていた。「これは驚いたわ」老婦人はよく通る声で言うと、ポリーの全身に鋭い視線を走らせた。「最近の若い人は、がりがりに瘦《や》せて妙な服を着る子ばかりだと思っていたら、あなたは服の趣味もいいし、とても健康そうね」老婦人は孫のほうに目を向けた。「そうは思わないこと、サム？　もちろん、ディアドレにそんな期待はしませんけれど。ディアドレはご存じかしら？」老婦人はいたずらっぽくポリーにたずねた。

「ええ」ポリーはにこやかに答え、ディアドレにかすかに笑みを向けた。「あなたもご自分の結婚式が待ち遠しいでしょう？」ふと彼女はいたずら心にかられ、教授にも言った。「もちろん、あなたも」

教授が笑いをかみ殺しているのに気づいて、ポリーはとまどい、不意にこみ上げてきた不安で息が苦しくなった。ひょっとして教授はもう結婚してしまったのだろうか。夏至はとっくに過ぎている。二人は内々で結婚して、家族以外には知らせていないのかもしれない。ポリーはあわててディアドレの左手に目をやった。そこには婚約指輪しかなかったので、ポリーはほっとため息をついた。ポリーがうろたえる様子を、教授は面白そうに眺めていた。

ミセス・ジャービスがジョゼフと話しはじめたので、ダイアナは再びポリーに話しかけた。「この間の事故のときはごめんなさい。サムからあなたは病院に戻ったと聞いたけれど、大丈夫だったの？　意地を張って無理やり出発したわたしが悪かったわ。ほら、わたしは人から指図されるのが大きらいだから」ダイアナは兄を見やって笑った。「だからポリーが帰ると言い張ったなんて嘘《うそ》を言ったの。あのときポリーがいなかったら、どうなっていたことか。気分が悪くなったわたしの代わりに、運転もできないのに路肩に車を寄せてくれたのよ。でも、そのことは兄さんもポリーから聞いているわよね？」ダイアナが今度は祖母に話しかけたので、老婦人の質問攻めから解放されたジョゼフは、ほっとした様子で教授とディアドレに挨拶《あいさつ》した。だが、教授ともディアドレとも話がはずまなかった。ポリーはそっとジョゼフの腕を引き、二人で庭に出た。

屋敷の裏手に広がる芝生には大きなテントが張られていた。客は三々五々、芝生を散策したり、テントで供されるビュッフェ料理を楽しんでいる。「何か食べよう」ジョゼフが言った。「あの老婦人には根掘り葉掘り質問されて往生したよ。それに教授はまともに口をきいてくれないし、あの派手な女性には押しかけた客みたいな目で見られるし」

ポリーは励ますように言った。「大丈夫、教授なら後でちゃんと話をしてくれるわよ。それにディアドレは誰が相手でもあんな態度なの。さあ、何か食べましょう。わたしもおなかがぺこぺこだわ」

招待客はほとんど知らない人ばかりだった。わずかに病院のスタッフがジョゼフに気づいて、愛想よくうなずきかける程度だ。いつも教授といっしょにいる外科副部長がポリーに気づき、どこかで会わなかったかとたずねた。「ええ、病棟で毎日お会いしていますわ」ポリーが答えると、副部長は唖然《あぜん》とした様子で言葉もなかった。

料理はどれもおいしかった。サーモンの一口パイ、肉と野菜を詰めた小型のパイ、ソーセージのミニロール、小さなサンドイッチ、海老《えび》をのせたカナッペ、アイスクリーム、ケーキ、苺《いちご》のクリーム添え、そしてありとあらゆるシャンパン。「ダイアナはすごくきれいだったね」ジョゼフが言った。

「ええ。ボブも感じのよさそうな人でよかったわ」ポリーは庭を見回した。「そろそろケーキカットじゃないかしら」

ポリーはシャンパンを少し飲み、ケーキを食べ、新郎新婦に乾杯し、スピーチに耳を傾けた。足が痛くなってきたので、ダイアナが着替えるために席をはずしたときは、ポリーは正直ほっとした。どこか庭の隅にでも腰を下ろして、少しの間でも靴を脱ぎたい。ジョゼフにそう言おうと思った矢先、どこからともなく教授が姿を現した。「さっきはゆっくり話ができなくて悪かった」教授はジョゼフに言った。「まったく結婚式というものは、男の出る幕がないものだな。ところで、僕の従妹《いとこ》が君に会いたがっているんだが――」教授がふり返ると、十代後半のかわいい娘がこちらに近づいてきた。「ジェーン、こちらがジョゼフだ。ジョゼフ、ジェーンは外科医になりたいらしい。話を聞いて、相談にのってやってくれないか」

ポリーは二人が去っていくのをなす術《すべ》もなく見送った。誰か一人でもいいから知り合いがいれば、ここから逃げだす口実にできるのに。ポリーはさりげなく教授から歩み去ろうとしたが、そのかいもなく腕をつかまれてしまった。「ポリー、僕たちも少し話をしよう」

「話すことなんか何もありません」ポリーは言い返した。「ちょっとあそこに知り合いが……」

教授は無理やりポリーを引き留めると、うなだれた彼女の顔を見下ろした。「知り合いなどいるものか。ここにいる者で、君が知っているのはディアドレくらいだろう？　ポリー、なぜ黙っていたんだ？あの嵐《あらし》の日に出かけたのは自分のせいではないと、なぜ僕に言わなかった？　たった一言でよかったのに」

「言うものですか」ポリーは鋭く言いかえした。「あなたは激怒していました。わたしが何を言っても信じてもらえたとは思えません。それにわたしは、友人の告げ口などしたくはありませんわ」

教授は恥じ入った口調で言った。「もし僕が謝ったら、許してもらえるだろうか？　本当に申し訳なかった。あのとき、なぜあんなに怒っていたのか今さら弁解しようとは思わないが、これからは癇癪《かんしゃく》を起こす前に十まで数えるように心がける」

その声音に、思わずポリーは目を上げた。教授はどこか当惑げで疲れているように見えた。だが彼がほほえむと、たちまちそんな表情は消えた。「もちろん許してさしあげます」ポリーは明るく言った。「わたしも仲直りができてうれしいです。病院であなたに会わないようにするのは大変でしたから」

教授は声をあげて笑いだした。「たしかに。僕は何度も、アリスのお話に出てくる白うさぎを思いだしたよ。ちらりと後ろ姿が見えたと思ったら、次の瞬間には角を曲がって見えなくなっているんだからな」教授は真顔に戻って、真剣な目でポリーを見つめた。「今日の君はとてもきれいだ。ここにいる誰よりも」

ポリーは驚きに目を見張り、ドレスと同じピンク色に頰を染めた。「そんなはずありません。これはただのローラ・アシュレイで、ほかの人の服はどれもオートクチュールなのに」

「そうなのかい？　僕には違いがわからないよ。それにローラ・アシュレイって何だい？」

ポリーはにっこり笑った。「〝何〟じゃなくて〝誰〟とたずねたほうがいいわ。ローラ・アシュレイは、お金に余裕のない女性のためにすてきなドレスを作ってくれるデザイナーです」

教授はまた声をあげて笑った。「ひょっとして君は服を買って一文なしなのかい？」

「ええ。でも、もうすぐお給料日ですから」その言葉で、ポリーは大事なことを思いだした。「先日あなたは、わたしが看護師にはならないと言いました。まさかあれは冗談ですよね？」

「いや、あれは本気だよ」

ポリーは顔色を失った。「でも、わたしは看護の仕事が大好きなんです。ベイツ主任も、よくやっているとほめてくださっています」

「そのことも含め、いずれ君とはきちんと話をしなくてはいけないな」教授はポリーにほほえみかけ、ふと肩ごしにふり返った。「ああ、ディアドレが来た」その声はうれしそうでもなければ、怒っているようでもなかった。教授はディアドレにたずねた。「そろそろ新郎新婦が新婚旅行に出発かい？」

「ええ、間もなくね。さんざんあなたを捜しまわっていたのよ」ディアドレは鋭い視線をポリーに向けた。「あなたの連れはどうしたの？」

ポリーに先んじて教授が答えた。「ジョゼフかい？　彼ならいずれ立派な小児外科医になる」

「するとポリーもいずれ、立派な看護師になるってこと？」ディアドレがあざけるように言った。

「まさか」ポリーが愕然《がくぜん》とするのは無視して、教授は続けた。「それはありえないよ。ほら、ジェーンとジョゼフが戻ってきた。新郎新婦の見送りに行こう」

ダイアナとボブが玄関ホールから出てきた。花びらと紙吹雪が舞う中、たくさんの握手とキスが交わされた。ポリーは人垣の端のほうに立っていたが、驚いたことにダイアナがいきなり駆けてきてポリーに抱きついた。「三週間したら戻ってくるわ。ぜひ新居に遊びに来てちょうだいね」それから小声でささやいた。「ディアドレの服を見た？　カスタードソースみたいな色だと思わない？」ダイアナはポリーの頬にキスすると、あわただしくボブの元に駆け戻った。やがてダイアナとボブは、車の後ろに風船をなびかせ、にぎやかに新婚旅行に出発していった。

「そろそろ帰りましょう、ジョゼフ」ポリーが声をかけると、彼はなんだか元気がなかった。「あら、ひょっとして、もう一度ジェーンに会いたいの？」

おりよく教授がジェーンを連れてやってきた。

「ジョゼフ、ちょっと書斎に来てくれないか。ポリーとジェーンはお茶でも飲んで待っていてくれ」

ジョゼフが行ってしまうと、残されたポリーとジェーンは椅子に腰を下ろした。

「足が痛くてたまらなかったの」ポリーが言った。

「実はわたしも」ジェーンはにっこりと笑った。

「彼ってすてきだと思いませんか？」

「ジョゼフのこと？」恐る恐るポリーはたずね、自分の推測が正しかったのでほっとした。「ジョゼフは子どもの相手がとても上手なの。それに、わたしたち看護実習生にも親切よ。医師の中には、実習生など無視する人もいるのに」

「わたし、外科医になるのが夢なんです」ジェーンは恥ずかしそうに言った。

「すばらしいわ。でも、結婚したらどうするの？　仕事と、家事や育児を両立させるのは大変よ」

「そうですよね。だから、外科医の妻になるのが二番目の夢なんです」ジェーンは頬を染めた。

「それもいいわね」ポリーは優しく同意した。「医学に興味のある女性と結婚したら、きっと夫になる人も家に帰るのが楽しみになるわ」

「あなたも結婚するんでしょう？」

「今のところ予定はないわ」ポリーは明るく答えた。

「あら、だって――ジョゼフはあなたのボーイフレンドなんでしょう？」

「いいえ、わたしたちはただの友だちよ。二人ともほかの招待客に知り合いがいないので、いっしょに来ることにしただけなの」

ジェーンは安心した様子だった。「ジョゼフが今度、病棟の見学をさせてくれるんですって」

「それはきっといい経験になるわ」

招待客の大半が帰り支度をしており、ジョゼフも書斎から戻ってきたので、ポリーは言った。「ジョゼフ、そろそろ帰りましょう。父が今夜、わたしを病院まで迎えに来てくれるはずなの」それは早く帰るための口実だったので、ジョゼフが余計なことを言わずに話を合わせてくれるよう、ポリーは彼の腕をつねった。

「それなら引き留めないほうがよさそうだな」教授が言った。ポリーはジェーンにさよならを言い、ミセス・ジャービスにいとまごいをした。

「さようなら」老婦人は答えた。「それとも、また会いましょうと言うべきかしら」ミセス・ジャービスに再会することはまずないだろうと思ったが、ポリーは礼儀正しく笑顔で応《こた》えた。ジョゼフとジェーンはまだ話しこんでいたので、ポリーは先に教授にいとまごいをし、今日の礼を言った。それからジョゼフを呼びに行ったが、彼はジェーンとの話に夢中でふり向きもしなかった。

「若い恋だね」教授がポリーの耳元でささやいた。それから、憤慨したようにつけ加えた。「恋は若者の特権ではないだろうに。何歳であろうと、人は恋に落ちる。しかも、最もタイミングの悪いときに」

ポリーは何と答えてよいかわからなかった。黙ったままフォードを駐《と》めた場所へ向かうと、教授がすぐ後ろについてきた。

「わざわざ見送っていただかなくてもけっこうです。お客さまの相手があるでしょうから」

「君だって客の一人だ」

「わたしの言う意味はおわかりのくせに」ようやくジョゼフが来たので、ポリーは車に乗ったが、ジョゼフはぐずぐずと何かを待っている様子だった。と、教授がさりげなく、このままポリーを家まで送っていったらどうだとジョゼフに提案した。ジョゼフはすぐさま承諾した。ポリーは腹が立った。わたしは、都合よくあっちからこっちへ運ぶ荷物ではない。ポリーがその通りのことを口にすると、教授が答えた。

「いい思いつきだろう？　お母さんは君に会えてうれしいだろうし、喜んでジョゼフに夕食をごちそうしてくれるはずだ。心配しなくても明日の晩は、僕が君を病院まで送ってあげるから」教授はジョゼフの肩をぽんとたたいた。「さあ、頼んだぞ！」

「でも、わたしは着替えも何も持っていないんですよ」ポリーは抗議した。「歯ブラシ一本さえ！」

「家に帰れば予備くらいあるだろう。明日の夜は七時に迎えに行くよ。ひょっとしてお母さんは僕に夕食を出してくれると思うかい？　それとも帰り道にまた、二人でどこかで食べようか？」

「母は喜んでごちそうすると思います」腹が立っていたポリーは、教授と二人でディナーをともにしたい誘惑をはねのけた。家族が周りにいるほうが、話が複雑にならなくていい。もっとも、どうして複雑になるのか、ポリーはあえて考えないようにした。

車が走りだすと、ポリーは怒ってたずねた。「どうして教授はいきなり、わたしを送っていけなんて言いだしたのかしら？」

「わからないよ。僕だってついさっき書斎で、教授から提案されたばかりなんだから」ジョゼフは横目でちらりとポリーを見ると、心外そうに言った。「君は家に帰れてうれしくはないのかい？」

ポリーはあわてて言った。「ジョゼフ、怒ったりしてごめんなさい。わたしを送るために、わざわざ遠回りしてくれてありがとう。お返しに、何かしてあげられることはあるかしら？」

たちまちジョゼフは顔を輝かせた。「ジェーンと僕は、その……お互いに好意を持ったんだ。もし君がまたジェーンに会うことがあったら……」

「必ずあなたのことをほめちぎっておくわ。今度ジェーンに病棟を案内してあげるんですって？」

「ジャービス教授の許可が出ればね」

「大丈夫よ。教授はディアドレに、あなたはきっと立派な外科医になると言っていたもの」

「本当に？」

少なくともジョゼフには将来の心配がないのだ。ポリーは辛辣《しんらつ》に考え、すぐにそんな意地悪な気持ちになった自分をいましめた。

ジョゼフはポリーの家族に温かく迎えられ、気がつくと一家とテーブルを囲んで、ミセス・タルボットのキッシュ・ロレーヌやベイクド・ポテトに舌鼓を打っていた。デザートのフルーツタルトでおなかがいっぱいになるころには、ジョゼフは、ミセス・タルボットがジャービス教授について探りを入れる質問に、喜んで答えていた。

「それで、彼のフィアンセはどんな方なの？」ミセス・タルボットはさりげなくたずねた。

ジョゼフは気まずげな表情を見せた。「そうですね、僕の好みではありませんが、きっと悪い人ではないと思いますよ」

ミセス・タルボットは、その答えにひどく満足したようだった。

十時近くなってようやくジョゼフは、今夜はとても楽しかったと言って帰っていった。

教授はなぜ、ジョゼフにわたしを家まで送らせたのだろうか。その夜、ポリーはそんなことを考えながら、なかなか寝つけなかった。

翌朝、ポリーが古いコットンのドレスを着て、庭で苺を摘んでいると、ミセス・タルボットが言った。

「悪いけれど、生クリームを買ってきてちょうだい。それから教授にお出しする夕食は、ベーコンと卵のパイでいいかしら?」

「何でもいいんじゃないかしら。気に入らなければ、食べなければいいんだもの」

そっけない返事に、ミセス・タルボットは娘に目をやった。「昨日の服はとてもよく似合っていたわ。今夜もあの服を着て病院に帰ったらどう?」

「今夜はあのスーツを着て帰るほかないのよ」ポリーは自分の着ている古いコットンドレスを見下ろした。「まさかこの服でバーミンガムに帰るわけにはいかないでしょう?」

教授のことは、その日はもう話題に上らなかった。お茶の後、ポリーはピンクのスーツに着替え、いつもよりていねいに髪を整え、化粧をした。そのできばえにコーラとマリアンはひどく喜んだ。

「言ったじゃないの、きちんとお化粧さえすれば、あなたはもっときれいになるって!」

教授は七時きっかりにやってきた。そして例によって、またたく間に家族にとけこむと、十分もしないうちに誰もから〝サム〟と呼ばれるようになっていた。教授はミスター・タルボットと教育問題を語り、ミセス・タルボットと結婚式の話題で盛り上がり、コーラとマリアンとは軽い冗談を交わし、車に関するベンの質問にはていねいに答えていた。わたしに対してだけは、教授はよそよしい顔しか見せてくれない、そうポリーは思った。

ミセス・タルボットはパイのお代わりを給仕しながら、さりげない何くわぬ顔でこうたずねた。「ところでサム、あなたはいつ結婚なさるの？」

ポリーを除く全員が教授に目をやった。ポリーだけは目を伏せ、皿を見つめていた。

「もう間もなくの予定です、ミセス・タルボット。一つ二つ、ちょっとした問題にけりがついたら、日取りを決めるつもりです」

「結婚式には呼んでいただけるのかしら」

「ええ、もちろん。それにしても、あなたは実に料理がお上手だ。きっとお嬢さんたちも、あなたに似て料理の腕がいいのでしょうね」

「それはもう、しっかり教えこみました。殿方の心をつかむには、まず胃袋から——少なくとも、わたしはそう思っています」

コーヒーを飲み終えると、教授は残念そうに、そろそろ失礼しなければと言った。

教授の隣に座るのはうれしかったが、適切な話題を見つけるのは、また別問題だった。ポリーは天候、結婚式、サー・ロナルドの本のことなどを持ち出したが、どういうわけか、どの話題も長続きしなかった。ない知恵をしぼって話題探しに苦しんだあげく、結局、沈黙のうちにバーミンガムに着いた。腹立たしいことに、病院の玄関前で教授は言った。「そんなに必死に話題を探さなくてもいいよ、ポリー。話など無理にしなくてもいいんだ。ところで明日、ギブス坊やに手術をするんだが、見学してみるかい？君ならきっと興味を持つと思うよ」

「ありがとうございます。ただ、ベイツ主任が許可なさるかどうか」

教授は身を乗り出して助手席のドアを開けた。「主任にきいてみよう。悪いが今夜はホールの中まで送ってあげられない。これから約束があるので」

きっとディアドレとデートなんだわ。ポリーは礼を言うと、そそくさと車を降り、別れの挨拶《あいさつ》を告げた。寮に戻りながら、そもそもなぜ教授はわたしを送ってくれたのだろう、とポリーは考えた。わたしが楽しい話し相手だからでないことだけは確かだ。車の中では、いっそのことずっと黙っていればよかった。ポリーはむっつりと、ピンクのスーツをクロゼットの奥にしまいこんだ。

消灯時間はとうに過ぎていたが、同期の仲間はみんなポリーの部屋に集まり、お茶を飲みながらおしゃべりをした。話題はもちろんダイアナの結婚式で、みんなの興味はドレスに集中した。ポリーがベッドに入ったのはその一時間後で、疲れ切ってもう何も考えられなかった。

翌朝、ベイツ主任がポリーに、赤ん坊のギブスを手術棟へ連れていくように申し渡し、もし気分が悪くなったらすみやかに手術室の外へ出るようにと言い添えた。「どうしてジャービス教授はあなたを寄こせと言ったのかしらね。今日は手術棟の人手は足りているはずなのに」主任は探るような目でちらりとポリーを見た。「まあ、教授には教授なりの理由があるのでしょう」

そういうわけで、八時三十分にポリーはギブス坊やを抱いて手術棟におもむいた。何か失敗をするのではと思うと気が気ではなかったが、気だてのいい麻酔科の医師が優しく指示を出してくれたので、赤ん坊を手術室に運びこむころには、ポリーはいつもの落ち着きを取り戻していた。

手術自体はごく簡単なものだった。患者は、幽門と呼ばれる胃の出口が狭くなっており、食べ物が逆流するので、そこを少しだけ切開するのだ。手術後数時間で、患者は少しずつだがミルクが飲めるようになり、数日で元気になるはずだった。

ポリーは指示された場所に立って、手術室を見回した。ここが、サムが一日の大半を過ごす場所なのだ。そう思うと何もかもがいっそう興味深く思えた。手術室にはたくさんの人がいた。看護師が何人か、ドラゴンとあだ名される手術棟の主任看護師、それからマスクと白衣を着けた、学生とおぼしき姿も何人か見られる。

教授が外科副部長とジョゼフを伴って手術室に入ってきたとき、ポリーは思わずわくわくした。教授は室内のみんなにおはようと挨拶し、ちらりとポリーのほうを見てから、準備はいいかと主任看護師にたずね、メスを手に取った。

初めて手術に立ち会ったらどんな感じがするか、ポリーには見当もつかなかった。通常、実習を始めたばかりの看護師が手術を見学させてもらうことはめったにない。だが、わずかに感じた後ろめたさも、手術室でサムを見る喜びの大きさに、またたく間にかき消されてしまった。教授は自分が何をしているのか、なぜこんなことをするのかを説明しながら、ゆっくりと手を動かした。ポリーはサムの一挙一動を心に刻み、一言一言に耳を澄ましたかった。だがすぐに、手術室ではぼんやりしていないで、何か指示されたらすぐに手伝うようにと主任に言われたことを思いだした。

結局、綿棒を渡すくらいしかポリーの仕事はないまま、手術は無事に終了した。教授が手袋をはずし、手術室を出ていくと、血の気のない小さな赤ん坊がポリーの腕に戻された。今朝は手術の予定がいっぱい詰まっている。きっと教授は、次の手術に臨む前に、外科部長室で休憩するのだろう。

病棟に戻ると、ポリーは赤ん坊を副主任に託し、主任に報告を行った。コーヒー休憩を取っていいと言われたが、休憩時間の大半は、まだ手術に立ち会ったことのない友人たちにあれこれ質問されて過ぎていった。

「どうして教授は、あなたを立ち会わせたのかしら？」誰かがたずねた。

「きっと教授はポリーに気があるのよ」別の誰かが答え、みんながどっと笑った。ポリーも笑ったが、それが本当だったらどんなにいいかと思わずにはいられなかった。

その日の午後、教授が病棟にやってきた。講義に行くところだったポリーは、わきによけて教授を通した。教授はちらりとポリーに笑みを向け、すぐにベイツ主任と話しはじめた。教授は優雅で一分の隙《すき》もなく、あらゆる言動に自信がにじみ出ていた。目の前の教授の姿からは、ポリーの家でベーコンのパイをほおばっていた姿は想像もつかなかった。

ポリーは深いため息をもらすと、講義室に向かった。事態はますます厄介になっている。何とか手を打たなくては。だが今はまず、講義に遅刻したもっともな言い訳を考えるのが先決だ。

教官に言いつかった用事のため、いつもより遅く午後五時を回ってから非番になったポリーは、病院の新館と旧館を結ぶ暗い地下道という、思いがけないところで教授の姿を見かけた。教授はポケットに手をつっこみ、物思いに沈んだ様子で歩いていた。ポリーは足取りをゆるめ、一瞬、背を向けて逃げだそうかと思ったが、そんなことをしてもばかげていると思い直した。ポリーは礼儀正しく挨拶して教授とすれ違うと、足取りを速めた。ところが教授はくるりと向きをかえ、ポリーと並んで歩きだした。

「今日は遅かったんだね。実は祖母に、君をディナーに連れて帰ると約束してしまったんだ。祖母はチエルトナムの自宅に戻る前に、君にとても会いたがっている」ポリーがびっくりして抗議しても、教授は聞く耳を持たず、ちらりと時計に目をやった。「あと三十分で支度できるかな？　エントランスで待っている」

ポリーは足を止め、教授を見上げた。声をかけられてうれしくもあったが、有無を言わさぬ態度に腹も立った。「今夜は出かける予定はありません」ポリーはきっぱり断った。

教授は笑顔でポリーを見下ろした。「だが、これで出かける予定ができたわけだ。年寄りをがっかりさせないでくれよ。君を連れて帰らなかったら、僕が祖母にしかられてしまう」

ポリーは笑った。「まさか！　でも、おばあさまがわたしに何の用かしら？　彼女はまだエルムリー・カースルに滞在していらっしゃるんですか？」

教授はうなずいた。「結婚式のパーティに出席した疲れを癒《いや》しているんだ」教授のにこやかな笑みに、ポリーは固い決心が揺らぐのを感じた。

「今日は早くベッドに入るつもりだったんです」ポリーはおずおずと言った。

「車の中で眠ればいい」地下道の端にある階段に近づいていたので、人通りも多くなり、通り過ぎる人々が無遠慮な視線を二人に向けた。「二十分で支度してくれないか。頼む」

階段を下りてきた外来担当の看護師が、顧問医と看護実習生が話している姿を、驚いた様子で見ている。ポリーはあわてて返事をした。「はい、二十分ですね。わかりました」そう言って、顧問医に何か言われて返事をしたような顔で歩きだした。事実、それ以上のことは、求められていないのだ。

ポリーは電光石火の早業でシャワーを浴びて着替えると、友人たちの興味津々の質問に、彼女に会いたがっている老婦人を訪ねるのだと純然たる真実で答えた。二十分ではとてもおしゃれをする余裕などなかった。ポリーはシンプルなコットンドレスにカーディガンをはおり、五分で髪を整えて化粧をすると、玄関へ飛んでいった。教授はラジエーターにもたれてジョゼフと話をしていた。ポリーにとって間の悪いことに、教授がポリーに気づいて声をかけたちょうどそのとき、さっきの看護師が玄関ホールを通りかかった。看護師は信じられないとばかりに憤然と眉を上げた。教授とジョゼフが笑いをかみ殺している様子が、ポリーには腹立たしくてならなかった。

「あなたたちは笑っていればすむのでしょうね」ポリーは上ずった声で言った。「でもわたしは、明日の朝、看護師長に呼ばれて叱責《しっせき》されるかもしれないんですよ」

「どうして？」教授が面白そうにたずねた。

「知ってるくせに！　看護実習生はドクターと個人的に口をきいてはいけないことになっているんですから」

「心配することはない。誰も君をとがめたりはしないから」教授はポリーの肩を抱き寄せた。「来週、君をランチに連れてきてくれるよう、ジョゼフに頼んでおいた。ジェーンも呼ぶつもりだ」

ポリーはあまりに驚いたので、しかられるかもしれない不安を一瞬だけ忘れた。「なぜわたしまで？　わたしがいなくても、かまわないじゃないですか」

「そんなことはないさ。僕と君が話をしていれば、ジョゼフとジェーンは二人きりで話しこめるからね」教授はもたれていたラジエーターから身を起こすと、きびきびと言った。「そろそろ出かけよう」

そしてジョゼフに一つうなずいて挨拶すると、ポリーを車へと追い立てた。

8

車が病院を離れ、混雑する道路を縫うように走りだすと、ポリーは口を開いた。

〝こんなことは、もうやめてください〟と断固とした口調で言ったのに、即座に〝じゃあ、どうしたらよかったと思う？〟と切り返されて気勢をそがれてしまった。教授はバスを追い抜き、町を出る車の流れにのった。

「もし今夜、君が断っていたら祖母はがっかりしただろう。老人の意向は尊重しなければ――そうは思わないかい？」

ポリーは言い返したかったが、反論する材料が見つからなかった。「本当にこれっきりですからね」仕方なくそう答え、教授が返事をしなかったので、同じ言葉をもう一度くり返した。

やがて教授は今朝の手術について話しはじめた。教授はポリーに手術は面白かったか、彼が何をしていたかわかったかとたずねた。

「ええ、とても興味深かったです。もっとも、わからないことも、たくさんありましたけれど……」

「たとえば？」夢中になって手術の話をしているうちに、車はジャービス邸に到着した。ミセス・ジャービスはうれしそうにポリーを出迎えた。

「本当によく来てくれたわね。一日たっぷり働いた後で、年寄りの話を聞かされるのは退屈かもしれないけれど――」ミセス・ジャービスはダイニングテーブルの向かいに座る孫に目をやると、こう続けた。「それなりの見返りはあると思いますよ」

デザートのトライフルを食べているときに、ミセス・ジャービスが言った。「ぜひいつか、うちを訪ねていらっしゃい。サムに聞いているかもしれないけれど、わたしはチェルトナムに住んでいるの」

ポリーはていねいに礼を言った。ミセス・ジャービスにまた会う日があるとは思えなかったが、お年寄りの気まぐれにつき合っても悪いことはないだろう。それにポリーはミセス・ジャービスが好きだった。何と言っても、サムのおばあさまなのだから。

客間でコーヒーを飲んでいると、何のまえぶれもなしにディアドレがやってきた。話に夢中で車の音に気づかなかった三人は、いきなり開いたドアを驚いて見つめた。

「コーヒーをいっしょにどうだい、ディアドレ?」教授は穏やかな声で問いかけた。「今夜はシムズ家でディナーじゃなかったのかい?」

「ディナーが終わってすぐ帰ってきたのよ。あなたがいっしょに行けないと言いだしたのは、こういうわけだったのね」

「祖母とはなかなかいっしょに過ごせないからね。その祖母が、チェルトナムに戻る前にぜひポリーに会いたいと言ったものだから」

ディアドレは軽蔑《けいべつ》するように鼻を鳴らし、腰を下ろした。「この人は泊まっていくの?」ディアドレはポリーを顎で示し、あからさまに不快な表情を見せてたずねた。

教授はゆったりと椅子に身を預け、抑揚のない声で言った。「いいかげんにしないか、ディアドレ。ポリーは僕が招いた客なんだぞ」

ディアドレはふっと笑った。「病院でどう思われるかしらね。医師と看護師の恋愛など珍しくもないでしょうけれど、噂《うわさ》になるのは間違いないわ」

「ディアドレ、なぜ君が来たのかわからないが、ここにいてもらう理由はなさそうだ。玄関まで送っていこう」教授は立ち上がった。

教授の表情に気圧《けお》されたのか、ディアドレも立ち上がり、ポリーに捨て台詞《ぜりふ》を吐いた。「わたしが謝るとは思わないで」

「謝ってもらおうとは思いません」ポリーの落ち着いた答えにかぶさるように、ミセス・ジャービスの断固とした声が響いた。

「ディアドレ、口のきき方に気をつけなさい。サムの客でなければほうり出すところですよ」

ディアドレは客間のドアでふり返り、サムの腕に手をのせた。「たしかにちょっと言葉が過ぎたわ。でも許してくれるわよね、サム？　だって、わたしたち、もうすぐ結婚するんですもの」

ディアドレは甘い声で言うと、腹を立てていたことなどみじんも感じさせない笑顔を見せた。

教授が身を引いたので、腕にのせたディアドレの手がするりと落ちた。二人がホールに出て間もなく、車の走り去る音が聞こえた。

「とうとうあの女は本性を現しました」ミセス・ジャービスは手厳しく断じると、ポリーにほほえみかけた。「まったく男というものは。どれほど頭のいい男でも手助けが必要なのですよ」

「僕なら手助けはいらないよ。自分の問題は自分で解決できる」ドア口に戻ってきた教授が言った。

「すまなかった、ポリー」そう言って腰を下ろした教授が少しもすまなそうに見えなかったので、ポリーは軽いショックを受けた。教授は続けた。「来週は何曜日が非番だい？　ジョゼフに送ってもらって、うちへランチを食べに来る時間は取れそうかな？　ランチの後は、僕がジェーンを送っていくついでに、君を病院へ送り届けよう」

どうやらディアドレの恥ずべき言動は、不問に付されるらしい。ポリーはいつもの落ち着いた声で答えた。「来週なら木曜と金曜が非番ですが……」

「それなら木曜日だ。午前に手術があるが、執刀数が少ないので、正午にはジョゼフの手がすくだろう。

十分余裕を持ってここに来られるはずだ。その間に、僕はチェルトナムへジェーンを迎えに行く」

ポリーはもう少しで、ジェーンに会いたいのはジョゼフなのだから、彼がチェルトナムに行けばいいのにと言いそうになった。だがその場合、自分が教授に送ってもらうことになると気づいて、あわてて口をつぐんだ。目を上げると教授がこちらを見つめており、ポリーは顔を赤らめた。何を考えていたか、見抜かれたかもしれないと思ったからだ。もちろん教授にはポリーの心などお見通しだった。

一時間後、ポリーはミセス・ジャービスにいとまごいをして、屋敷を後にした。

ポリーはベントレーの助手席におさまり、何をどう切り出せばいいだろうと考えていた。言わなければいけないことはたくさんあるのに、教授も黙っているので、きっかけがつかめない。

「ディアドレは悪くありません」ようやくポリーは口を開いた。「つまりその――ディアドレはあなたと結婚するんですから。だから、こんなふうにわたしを誘うのは今日で最後にしてください」

教授はベントレーの速度を落とした。「この世には人間の力では止められないものがある。潮の満ち干、風のゆくえ、季節の移り変わり――そして恋。僕たちはこれらにあらがう術《すべ》を持たない」

「あなたはディアドレを愛しているんでしょう」ポリーは強情に言い張った。

「そう言う君は人を愛したことがあるのかい？」

お互いの顔が見えない暗い車の中では、話がしやすかった。「ええ、一度だけ」生涯に一度という意味で答えたつもりだった。なぜなら、教授に感じるような気持ちを、ほかの誰かに感じることはけっしてないと思ったからだ。教授が結婚したら、なんとかして失恋を乗り越えよう。これまで多くの女性が立ち直ってきたのだから、わたしだって悲しみに耐えられるはずだ。教授はたぶん、恋とは言わないけれど、わたしに好意を感じてくれたのだろう。あの春の坂道でわたしに出会うまで、教授の未来は順風満帆だった。そこへわたしが現れ、悪気なく彼の心にさざ波を立ててしまったのだ。思わずポリーはこうつぶやいた。「あなたはもうすぐ結婚する身なのに、サム」

教授は静かに笑い、車を路肩に停《と》めた。「やっと僕をサムと呼んでくれたね」教授は穏やかに言うと、助手席のほうに身をかがめ、熱のこもったキスをした。それから、低く口笛を吹きながら再び車を走らせた。ポリーは言葉もなく助手席に座っていた。

病院に着くと教授は言った。「僕はしばらく病院には来ないが、木曜日の件は手配しておく」教授は玄関ホールに入ると、ポリーに軽くおやすみと言って、夜勤の守衛に何か話しに行ってしまった。

ポリーは急いで寮に帰った。友人たちがもう眠っていれば、自分もさっさとベッドに入れると思いながら。残念ながら同期の仲間はまだ起きていて、ポリーが帰ると、あれこれ今夜のことを質問してきた。

やがて友人たちがベッドに入ってしまうと、ポリーはゆっくり熱いお湯につかった。だがいくらつかっても、頭がすっきりするどころか眠くなっただけだった。やがてポリーは、ほぐしようもなく頭がこんがらかった状態のまま、眠りに落ちた。

翌日は何もかもうまくいかなかった。まず、以前からポリーを快く思っていない副主任に、ささいなミスをいつまでも非難された。そのうえ、病棟の真ん中に置いてあった洗面器につまずいて、床を水びたしにしてしまった。折あしく、そこへ教授が回診にやってきた。ストックリー副主任にとって、ポリーを責めたてるめったとない機会だった。もっとも教授は失態があったことなど気づかない様子で、後始末をすませたポリーがモップを持って姿を消すまで、外科副部長とジョゼフとともに小さな患者の診察に没頭していた。

午後の講義では、ふだんは厳しいながらも忍耐強い教官が、ポリーへの不満をあらわにした。ノートの字が汚い、この時期になってまだ体の各部分の骨の名前を覚えていない、百日咳《ぜき》の患者に関するレポートが貧弱だ、などと言って。その日が終わるころには、ポリーは自分は何をやってもむだなのだと確信していた。わたしのような者は、家政婦か付添婦《コンパニオン》になるのがせいぜいだ。今どきコンパニオンがいるなんて聞いたこともないけれど。ポリーはとにかくひどく沈みこんでいて、友人の慰めにも、たっぷり飲んだお茶にも元気が出なかった。ベッドの支度をしながらポリーは決めた——明日になったら看護師長に面会して、辞めさせてもらおう。

異動や休暇の申請をするために、看護師が師長に面会できるのは毎朝九時と決まっていた。師長に面会する前に、ベイツ主任に許可をもらわなければいけない。だからポリーは子どもたちに朝食を食べさせながら、時計をにらんでいた。ところが間もなく九時というところで、主任が病棟を出ていってしまった。副主任はレントゲン写真を取りに行っており、ハニバン看護師は赤ん坊に沐浴《もくよく》をさせている。二人いる病棟看護師のうち、一人は非番で、もう一人はおかゆで汚れたエプロンを交換中だった。せっかく勇気をかき集めていたのに、ポリーは気が抜けてしまった。ポリーは自分がきれいにふいてやった顔がずらりと並ぶベッドを誇らしげに眺めながら、主任室に向かった。ところが、ドアに一番近いベッドの赤ん坊の顔は清潔だったが、それだけでなく不自然な紫色をしていた。

ポリーは、はっとして小さな悲鳴をあげた。窒息によるチアノーゼのことは、話には聞いてはいたが実際目にするのは初めてだ。ハニバン看護師を呼びに行く余裕はなかった。ポリーは赤ん坊の足をつかんで逆さにぶら下げ、肩胛骨《けんこうこつ》の間を軽くたたいてみた。何も起きなかった。それどころか、赤ん坊の顔がさらに青黒くなり、不安になるほど呼吸がとぎれとぎれになった。ポリーは赤ん坊を抱き直して、喉に指を入れて慎重に探ってみた。だが指にふれる異物はなかった。ポリーは赤ん坊を抱いたまま、夢中で廊下を走り抜け、勝手に入ることは許されない手術棟に駆けこんだ。

麻酔室の手前に、何人か人影があった。ポリーは一番手前にいた人物に——教授だった——赤ん坊を押しつけた。

「サム！」ポリーは叫んだ。「この子は息をしていないんです！　逆さにしてみたし、喉に指もつっこんでみました。でもだめだったんです。お願い、あなたが何とかしてあげて！」

しばし沈黙が落ちた。赤ん坊の様子が尋常でなかったこともあるが、それにもまして、病院で、面と向かってサムと呼びかけられたことが初めてだったからだ。教授は黙って赤ん坊を診察台にのせ、その上にかがみこんだ。「メスと気管チューブを」教授がそう言うのを聞いてからポリーが病棟に駆け戻ると、副主任がかんかんになって待ちかまえていた。

「病棟を勝手に離れるなんて、いったいどういうことです？　病棟に誰もいないなんて、許されることではありませんよ。まったく、あなたはなんて無責任なの、タルボット看護師！」

「ベニー・マイルズが窒息していたんです」ポリーは口を開いた。「ここにはほかに誰もいなくて、どうしていいかわかりませんでした。だから、手術棟へベニーを連れていって……」

副主任は七面鳥のように顔を真っ赤にした。「何ですって？　許可がなければ手術棟へ行ってはいけないことくらい知っているでしょう？　この件は主任に報告します。それで、ベニーはどこです?」

「手術室にいます。ジャービス教授が手当してくださっています」

「このままここを離れないように。わたしは手術室に行ってきます。あなたは本当に信用ならないわ」

あってはならない、とんでもないことをしてしまった。あのとき、ほかにどうすればよかったのか見当もつかなかったが、自分が間違いを犯したことだけはよくわかった。昨夜、心を決めていなかったとしても、この一件で決定的だろう。主任が病棟に戻るとすぐ、ポリーは師長に会いに行く許可を求めた。それから忘れずにこうつけ加えた。「副主任はベニー・マイルズを連れて手術棟に行きました。ベニーが窒息でチアノーゼを起こしましたので」主任が何か質問する前に、ポリーは走り去った。師長の面会時間はあと五分しか残っていない。髪もエプロンもくしゃくしゃだったが、ポリーはかまわなかった。怒りと恐れがすべての感情を押しつぶしている。それでもポリーは頭の片隅で、手術棟にいたのがサムでよかったと思った。サムなら対処法を知っているはずだ。ベニーはきっと元気になるだろう。

師長室に着いたのはポリーが最後だった。受付の看護師が、ポリーを見て顔をしかめた。「服装が乱れていますね。明日の朝、九時に出直していらっしゃい」看護師は鋭い目で壁の時計を見やった。面会時間はあと二分しかない。「それから、明日はきちんと身だしなみを整えてから来るように」

「仕事を抜けられなかったんです」ポリーは必死で頼んだ。「重要な用件で、どうしてもミス・ブライスにお会いしたいんです」

看護師はふんと鼻を鳴らした。「仕方ありませんね。いいでしょう。あなたの名前は?」

「タルボットです」ポリーはドアを開け、師長のデスクへ近づいた。この前、ここに来たのは面接のときだった。あれはほんの数週間前のことだったのに。

「タルボット看護師？」師長は顔を上げ、ほほえんだ。ポリーとジャービス教授のことは、怒りくるった外来看護師から話には聞いていた。それ以外のことも耳に入っていた。だが師長は、長年の友人である教授が好きだったし、目の前の、どちらかと言えば地味な娘もきらいではなかった。

ポリーは大きく息を吸った。「退職させてください。わたしはよい看護師にはなれません。わたしは無責任で、規則は破るし、物は落とすし――」ポリーはそこでいったん言葉を切った。「それから、信用ならない人間なんです」

「誰にそんなことを言われたんです？」

「それは申しあげられません。でも、どれも本当なんです」それから小さな声で、さらに続けた。「もう決心したんです。看護の仕事は好きだったので、とても残念です。でも……医療の専門家に、わたしは看護師にはなれないと言われました」

「本当によく考えてみたの？　病棟で何かいやなことでも？　病棟主任はベイツ看護師ですね？」

「はい。主任はとても優しくしてくださいました」

「それでも辞めたいのですね？」

「はい。すぐには辞められないのでしょうか」

ミス・ブライスは、ポリーの青ざめた顔を見つめた。「そういうわけではありませんが、まず病棟主任の話を聞かなければいけませんからね。とりあえず今から休みをお取りなさい。ベイツ主任にはわたしから話しておきます。家に帰って、ご両親ともよく話し合ってごらんなさい。今日は火曜日ですから、木曜日の午後一番に、もう一度ここへおいでなさい。そのときにあなたの気持ちがまだ変わっていなければ、退職の手続きを取りましょう」

「ありがとうございます」

ポリーは寮の通用門を出ると、駅までバスに乗った。チェルトナムまで列車に乗り、そこからプルチェスター行きのバスに乗り、さらにバスを乗り換えて自分の村に帰った。家には母しかいなかった。ミセス・タルボットはポリーの顔を一目見ると、朗らかに言った。「まあ、びっくりしたわ！　コーヒーをいれるからキッチンへいらっしゃい」

こわばっていたポリーの顔がくしゃくしゃになった。「お母さん！」ポリーはわっと泣きだした。

教授はかがめていた背中を伸ばすと、テディベアの首についていたとおぼしき小さな真鍮《しんちゅう》の鈴を、看護師の持つ金属トレイにほうりこんだ。「危ないところだった」教授は言った。「気管チューブはあと二十四時間、入れたままにしておくように。その後で切開したところを縫合する。タルボット看護師はどうした？」

「病棟に戻りました」その返事を聞いて、教授はうなずいた。

「ベニーは容態が安定するまで、回復室で様子を見よう。ああ、外科病棟の副主任が来たようだな。ジョゼフ、彼女に詳細を報告して、子どもたちの誤飲を防ぐため、ぬいぐるみから取れた鈴などを放置しないよう気をつけろと伝えておいてほしい」

その日は手術が多かったので、教授がようやく手術室を出て病棟の回診に出かけたのは、午後一時近かった。病棟はにぎやかだった。午前に手術を受けた四人の患者が、そろそろ麻酔からさめるころだったからだ。教授は彼らを順に見回った。回復室から戻ったベニーもベッドですやすやと眠っていた。

教授は病棟を見回した。「タルボット看護師はどこだ？　けさの迅速な対応に礼を言いたいのだが」

ベイツ主任は口ごもった。「よろしければ、いっしょに主任室に来ていただけますか？」

教授は何もたずねず、黙って主任についていった。

「看護師長のミス・ブライスから電話がありました。タルボット看護師は、手術棟から戻るとすぐ師長に面会し、辞意を告げたそうです。彼女は今、ゆっくり考えなおすために二日の休みをもらって帰省中で、木曜日の午後こちらに戻ってくるそうです」

「辞める？　なぜ？」

「タルボット看護師が師長に告げたところでは、彼女は誰かに、君は看護師にはなれないと言われたそうです。物は落とすし、規則は破るし、無責任で信用ならないと言われた、とも。彼女の決意は固いようでした。病棟での評価を求められて、わたしとしては彼女にはよい看護師の素質があると答えました。子どもの扱いがじょうずですし、誠実で几帳面《きちょうめん》です。何より、彼女は何ごとにも一生懸命です」

「彼女が信用ならないと言ったのは誰だ？　手術棟からタルボット看護師が戻ってきたとき、病棟にいたのは？」

ベイツ主任は気まずげに告げた。「ストックリー副主任です」

教授はデスクの端に腰を下ろした。「ストックリー副主任をここに呼んでくれないか」

主任は受話器を取り上げた。「副主任は実習生に厳しいですが、意地が悪いのではありません」

もう少し弁護してもよかったのだが、教授がむっつりと口を結んでいたので、主任はそれ以上は何も言わず、副主任が来るのを待った。主任室にやって来たストックリー看護師は、ジャービス教授から話があると言われて驚いたが、とりあえず教授にほほえみかけた。たとえ彼に婚約者がいるとしても、魅力をふりまいておいて悪いことはない。

「タルボット看護師に君は何と言ったのかな？」教授は穏やかに切り出した。「おそらく君は、彼女が病棟を離れたことを叱責《しっせき》したのだろうね？」

副主任は得意げに胸をそらした。「もちろんです。

子どもたちだけ残して病棟を離れることは許されません。彼女にもそのように言いました」

「なるほど。ほかには？」教授の声が穏やかだったので、副主任はさらに話を続けた。

「わたしはタルボット看護師に、あなたは無責任で信用ならない、いつも規則を破ってばかりいると言いました。彼女は看護師として失格です」

「そういった判断は、君が下すべきものではないだろう、副主任？ もし君がまた看護実習生に対して、そのような高圧的な話し方をしていると僕の耳に入ったら、面倒なことになると思いたまえ」教授は立ち上がり、ストックリー看護師を見下ろした。「僕は心底、怒っている。さあ、仕事に戻りなさい」

副主任が出ていった後も、教授はしばらく窓から外を眺めていた。やがて彼は師長の部屋に向かった。

ミセス・タルボットは、ポリーをそのまま泣かせておいた。彼女はコーヒーをいれ、娘の隣に腰を下ろし、ハンカチを渡して待った。やがて、しゃくり上げるのが少しずつおさまると、ポリーは鼻をかんでコーヒーを飲んだ。「お母さん、わたしは病院を辞めるつもりなの。看護師として失格だから。ええ、仕事は大好きよ。でもサムに言われたの、君は看護師にはなれないって。彼の言うとおりだったわ。わたしはギリシャ語とラテン語に専念していればよかったのよ！」

ミセス・タルボットは何も見逃さない鋭い母親の本能で、話の手がかりをつかんだ。「サム？ サムが何と言ったですって？」ミセス・タルボットの顔にゆっくりと笑みが広がった。

「教授が回診に来たとき、洗面器につまずいて床に水をまき散らしてしまったの。副主任はすごく意地悪だし、それからベニーが窒息して……」

「さあ、最初から順序よく話してちょうだい」

ポリーは子どものように下唇をかむと、話しはじめた。やがて話が終わると、ミセス・タルボットは明るく言った。「一日あるんだもの、ゆっくり考えればいいわ。でも、くよくよ悩むのはやめて、家事をしたり、シャイロックと散歩に行ったりしなさい。距離を置いて眺めてみれば、問題を違った面から考えられるものよ」

ミセス・タルボットはコーヒーカップをシンクに運んだ。「二階へ行って、お化粧を直してらっしゃい。サンドイッチを作るから庭で食べましょう。その後で、村まで買い物に行ってくれるかしら?」

ポリーが二階へ上がると、ミセス・タルボットはまたテーブルに腰を下ろした。「ディナーの準備をしておいたほうがよさそうね」彼女はつぶやいた。「メインはステーキとキドニーパイにして——つけ合わせは菜園の豆とズッキーニがあるわ。デザートは苺《いちご》のクリーム添えね」ミセス・タルボットは一つうなずいた。「ポリーにチーズを買ってきてもらったら、ケーキとチーズパイを焼きましょう」

ミセス・タルボットは満足げな顔で、サンドイッチのパンを切りはじめた。

やがてポリーが二階から下りてきた。目と鼻はまだ赤かったが、化粧を直し、髪もきれいにとかしてあった。色があせた古いコットンドレスに着替えて素足にサンダルを履いているので、なんだか少女のように見える。大きなブラウンの瞳だけが、青ざめた顔の中で悲しげに光っていた。

それでもお茶の時間には、ポリーの外見はずいぶんましになっていた。シャイロックと散歩に行ったおかげで血の気のなかった頬に赤みが戻っていたし、鼻のはれも引いていたからだ。弟のベンと庭で苺を摘んだ後、ポリーは母に頼まれて、村までクリームを買いに行った。

うちの家族はなんて優しいのだろう。自転車をこぎながらポリーは思った。わたしが急に戻ってきてさぞ驚いただろうに、誰も驚いた顔はせず、根掘り葉掘り事情をたずねたりもしない。もちろん父には、後で事情をきちんと話しておかなければ。

クリームを買うと、ポリーは軽快に自転車をこいで家路をたどった。すばらしい夕暮れだった。以前サムに言われたとおりなのかもしれない。わたしは都会向きの人間ではない。ここで暮らすほうが幸せなのだ。そんなことを考えながら、開け放たれた門を通り抜けたとたん、玄関に堂々と停《と》められたベントレーが目に飛びこんできた。

ポリーは自転車が倒れそうな勢いで急ブレーキをかけた。低く毒づくと、裏口からキッチンに飛びこむ。キッチンドアの向こうに、母のスカートの裾《すそ》がちらりとひるがえるのが見えた。ポリーは、キッチンテーブルでくつろぐ教授と二人きりで残された。

ポリーは遠回しな表現を工夫する余裕もなく、頭に浮かんだままの言葉を投げつけた。「病院を辞めないよう説得しに来たのなら、時間のむだです」

教授はポリーの紅潮した顔をじっと見つめ、やがて穏やかに口を開いた。「これはまた、ずいぶんとおかんむりだね。怒る必要はない。もし辞めたいのなら、僕は全力で君を応援するよ」

足下から地面が崩れていくようで、ポリーは立っているのもやっとの様子で、唖然《あぜん》として教授を見つめた。「あれは本気だったんですね？　わたしが看護師にはならないと言ったのは？」ポリーは昂然《こうぜん》と顎を上げた。「それなら、なぜここにいらっしゃったんですか、教授？」

「サムだよ。サムと呼んでくれ」相変わらず教授の口調は穏やかだった。「君とちゃんと話をしようと思って来たんだよ。君が逃げ出してしまったから」

平静な態度を保とうとしているのに、思わず声が上ずっていた。「わたしは――わたしは逃げたわけではありません！」これ以上、教授と話してもむだだとポリーは思った。

教授は立ち上がると、ポリーの前に歩み寄った。

「ベニーは助かったよ。君のおかげだ。ストックリー副主任が何を言おうと気にすることはない。君は分別のある者が当然することをしただけだ」

ポリーの目に涙が浮かんだ。悲しくて、自信が持てなくて、まともに頭が働かなかった。「よかったわ、ベニーが無事で」

「それを聞いたら、君の決心は変わるかい？」

ポリーは腹立たしげに涙をぬぐった。「いいえ、変わりません。お願いですから、ディアドレのもとに帰ってください」

教授は小さくほほえむと、ポリーの手を取った。

「そうだな、いずれ彼女のところにも行かねばならない。でも、その前に君に言っておきたいことがある」

教授に手を握られるととても安心できた。だがポリーは、しいてそのことは考えまいとした。「ディアドレのことですか？」

「そうだ」教授は握っていた手を片方放すと、優しくポリーの頬を指でたどった。「僕が言葉に窮することなどめったにないんだが、さすがにこういう場合はどう言ったらいいか……」

教授の言葉はミセス・タルボットの声でさえぎられた。「お話しちゅうにごめんなさい、サム。でも病院から緊急のお電話なの」

教授はホールの電話に出た。ポリーと母の耳に、手短に応答する教授の声が聞こえてきた。教授はすぐキッチンに戻ってきた。「申し訳ありません、ミセス・タルボット。今すぐ病院に戻らなければならなくなりました」教授は、さっきと同じところに立ちつくしているポリーに目をやった。「できるだけ早く戻ってくる」ポリーが何も言えないうちに、教授は行ってしまった。ベントレーが丘を登り、バーミンガム目指して走り去る音が聞こえた。

ミセス・タルボットが残念そうに言った。「今夜は静かな夜になりそうね」

ポリーが母とキッチンで夕食の支度をしていると、門を入ってくる車の音が聞こえた。ポリーはじゃがいもをすりつぶす手を止め、うれしそうに頬を染めた。だがすぐに、サムのはずがないと思い直した。きっとコーラかマリアンを迎えに来たボーイフレンドだ。ポリーはじゃがいもの下ごしらえに戻った。

コーラがキッチンのドアから顔をのぞかせ、何とも言えない顔で口ごもった。「その……ディアドレという人が、ポリーに会いに来ているわ」

ポリーは鍋《なべ》をレンジに戻し、手をふいた。「お母さん、料理が冷めてしまうから、先に食べはじめていてちょうだい。いずれにせよ、時間はかからないと思うわ」ポリーが客間に入ると、窓の外を眺めていたディアドレがふり返り、ポリーのほうに近づいてきた。ちらりとポリーを眺める視線は、いやでも二人の違いを意識させた。高価なシルクのドレスを着て、髪の毛はきれいにセットされているディアドレに対し、ポリーは色あせたコットンのドレスにサンダル履きで、髪もほつれている。ディアドレはポリーに劣等感を与えたかったのだろうが、ポリーはむしろ当惑した。「何のご用でしょう?」

「サムから、あなたがここにいると聞いたの。サムはここに来たんでしょう?」ディアドレは言葉を切り、意地悪そうな笑みを浮かべた。「実は、サムとここで待ち合わせているのよ」

「教授なら、緊急の電話がかかってきて病院に戻りました。でも、あなたが来るとは……」

ディアドレは神経質そうにブレスレットをくるくる回した。

「それなら、彼から何も聞いていないのね?」

「ええ」ポリーには、ほかに答えようがなかった。

体の中で不意に冷たいものがわだかまり、それが刻一刻と大きくなっていく。なぜかはわからないが、不吉な予感が胸いっぱいに広がった。

ディアドレは鈴を転がすような声で笑った。「それなら、わたしが言うしかないわね。サムは秘密にしたかったみたいだけれど、せめてあなたには教えるべきだとわたしが主張したの。あなたはしょっちゅうサムと会っているみたいだったし、あなたが彼の気持ちを誤解しているといけないから」

ポリーの顔が赤くなったのを見て、ディアドレは満足げだった。「サムはいろいろな人に興味を持つの。あなたのことも、実習を無事に終えられそうにないから、大丈夫だろうかと心配だったみたい。だって、あなたは都会の勤めに向くタイプじゃないもの。田舎向き、と言ったらいいかしら？」

ディアドレはポリーの返事を待ったが、ポリーが何も言わなかったので、語気強くたずねた。「サムが何を言うつもりだったか、見当もつかないの？」

「ええ、まったく」ポリーは静かに答えた。本当のことを言うと、さっき教授と話をしたとき、小さな炎が心の中にともり、淡い期待が生まれたのは事実だった。でもその炎も、ディアドレの今の言葉でかき消されてしまった。ポリーは平静な表情を保って、ディアドレの言葉を聞いた。

「わたしたち、あさって、ごく内々で結婚するの。わたしは盛大な結婚式を挙げたかったんだけれど、サムがこれ以上待てないからって」ディアドレはポリーをにらみつけた。「サムは戻ると言ってた？」

「ええ」

「それなら、彼にもう来なくてもいいって、わたしから伝えておくわ。もうあなたがサムに会う必要もないでしょう？　それじゃ失礼するわね」ディアドレはかすかに鼻にしわを寄せた。「夕食のものすごい匂《にお》いがしているわね。サムの屋敷での暮らしは、ここととはずいぶん違ったでしょうね？」ディアドレは、たとえ居心地はよくても、みすぼらしい部屋を見回した。

ポリーは答えなかった。黙って客間のドアを開け、次に玄関の扉を開けた。ディアドレが外に出ると、また黙って扉を閉めた。扉の向こうでディアドレが、その横柄な扱いに鼻を鳴らすのが聞こえた。

ポリーは扉にもたれ、車が遠ざかる音を聞いていたが、やがてひきつった顔でダイニングに入っていった。「お座りなさい」ミセス・タルボットが言って、皿に料理を盛りはじめた。

ポリーは素直に腰を下ろし、皿を受け取ったが、中身をかき回すだけで一口も食べなかった。やがてポリーは抑揚のない声で言った。「サムはあさって、結婚するんですって。ディアドレが教えてくれたわ。きっとサムは、さっきそれを言いに来たのよ」

ミスター・タルボットが口を開いた。「サムなら戻ってくるさ。彼が自分の口から伝えたいと思ったのならね。サムはそういう男だ」

ミセス・タルボットが皿を片づけはじめると、コーラとマリアンが皿洗いをすると申し出た。ベンは宿題をするために二階へ上がり、父は、ポリーが母と話せるように、二人を残して部屋を出ていった。

「無理に話をしなくてもいいのよ、ポリー」ミセス・タルボットは言った。「でも、わたしたちに何かしてあげられることはある？　あなた自身はどうしたいの？」

「二度とサムには会いたくないわ」ポリーはゆっくりと答えた。「わたしは彼を心から愛しているの。でもそれをサムには知られたくない。ディアドレはサムは戻ってこないと言ったけれど、でも、ひょっとしたら彼は戻ってくるかもしれないわ。お母さん、スコットランドのマギー叔母さんを二週間ほど訪ねてきてもいいかしら？」

「かまいませんとも。叔母さんに手紙を書く？」

「今すぐ電話するわ。明日、朝一番のバーミンガム行きのバスに乗って、十時半の列車で行くわ」

「それだとクルーで乗り換えなければいけないでしょう。そんなに急に発《た》たなければいけないの？」

「ええ、お願いよ。今すぐ発てば、わたしが戻ってくるころにはサムはもう結婚していて、何もかもけりがついているはずだもの」ポリーはため息をついた。「わたしったらばかみたい。わたしのことなどふり返ってもくれない男性を愛してしまうなんて」

ポリーは立ち上がった。「マギー叔母さんに電話して、荷造りをするわ」

9

サムがかがめていた背中をようやく伸ばし、ガウンとマスクをはずして手術室を出たのは午前六時半で、外はとうに明るくなっていた。街の共同住宅が倒壊し、瓦礫《がれき》の中から救出された重傷の子どもたちを何人も、一晩じゅう手術していたのだ。教授は外科副部長にていねいな指示を出し、手術棟のスタッフに朝の挨拶《あいさつ》をすると、外科部長室に入った。後でシャワーを浴びてひげを剃《そ》るとしても、今はまず一時間ほど眠りたかった。

午前八時には、教授はいつもの優雅な物腰を取り戻し、ジョゼフと外科副部長と朝食をともにしていた。さらに半時間後、彼は病棟におもむき、夜中に手術した子どもたちの回診をしていた。

「今日はこれで仕事を上がるが、午後六時には自宅に戻っている」教授は副部長に言った。「何か心配なことがあればドクター・トムズに応援を頼んでくれ」病棟を出ようとして、教授は不意に足を止めた。「ジョゼフ、忘れるところだった。ジェーンとのランチは明日だったな？　ちょっと予定を変えなければいけなくなったので、夜に電話する」

ジョゼフはにっこり笑った。「わかりました。でもポリーはどうします？　病院を辞めたと聞きましたが」

「もちろんポリーも来るさ」教授は揺るぎない口調で答えた。

教授はベントレーに乗りこみ、三十分後にはタルボット家に到着していた。

ミセス・タルボットが玄関に出た。「サム！　ディアドレの話では、あなたはもう戻ってこないということでしたのに」ミセス・タルボットは、落ち着きはらったサムの顔をじっと見つめた。「疲れてらっしゃるみたいね。もちろん徹夜だったんでしょう？　あんなひどい倒壊事故があったんですもの」

サムはかすかにほほえんだ。「ポリーはどこです、ミセス・タルボット？」

ミセス・タルボットは小声で答えた。「スコットランドに行きましたわ。ああ、サム、ディアドレが言うには――」

サムは彼女の腕をそっと取った。「ディアドレはずいぶんいろいろなことを言ったようですね。話して聞かせてくれませんか」

「もちろんですわ。キッチンにお入りになって。コーヒーをいれますから」

コーヒーが入るのを待つ間に、サムはたずねた。

「なぜ、行き先がスコットランドなんです？」

「それがポリーに行くことのできる一番遠い土地だ

からです」

それを聞いた教授が苦々しげな笑い声をあげたので、ミセス・タルボットはけっして言うつもりのなかった言葉を叫んでいた。「あの子はあなたを愛しているんです、サム。だから、遠くへ行かなければいけなかったんですわ。あなたがディアドレと結婚すると知りながら近くにいることなど、とても耐えられなかったから」

サムはマグを下ろした。「よければ、何があったか順を追って話してもらえませんか」

ミセス・タルボットは気が動転していたし、話が前後して説明し直したりしたので、一部始終を話すのにひどく時間がかかった。聞き終わるとサムは言った。「クルー駅で彼女を捜します」彼は腕時計に目をやった。「乗り換えの待ち時間が三十分あると言いましたね？　それなら簡単に追いつけます。ですが、まずあなたの心配を解消して差しあげましょう。ディアドレと僕は、ダイアナが結婚する前に婚約を解消しました。ダイアナの晴れの日を台なしにしたくはなかったので、おおやけにはしませんでしたが」サムは立ち上がり、ミセス・タルボットを見下ろした。「僕はポリーと結婚するつもりです」そしてミセス・タルボットの頬にキスをした。「あなたはすばらしい義母になってくださるでしょう」

茫然《ぼうぜん》としていたミセス・タルボットは、サムが戸口を出るときになって、ようやくわれに返った。「サム、徹夜明けでクルーまで運転するなんて無理ですよ。遠すぎます」

「ポリーに会うためなら、どんなところも遠くはありませんよ」

いっぽうポリーは、ひどい咳《せき》の老人と、やたら話しかけてくる太った女性にはさまれて座っていた。バーミンガム行きのバスが遅れ、ぎりぎりのタイミングでクルー行きの列車に飛び乗ったので、とても窓際の席に座ることはできず、やっとのことでこの席を見つけたのだ。その上、向かいに座った若い男がひっきりなしにたばこを吸うので、ようやくクルーの郊外が見えてきたときはほっとした。
クルーの駅もひどく混雑していた。荷物を持って列車を降り、乗り換えのプラットホームへ移動するだけで何分もかかった。構内放送によると、スコットランド行きの列車は少し遅れているらしい。そこでポリーはビュッフェに行くことにした。コーヒーと軽食で待ち時間をつぶそう。今朝は結局、何も食べずに家を出てきてしまったので、おなかがぺこぺこだ。スコットランドまでは遠いし、マギー叔母の家に着くころには夕方になっている。どこかで何か食べておいたほうがいい。
食べ物のことを考えたとたん、ポリーは無性に家に帰りたくなった。バーミンガム行きの列車に乗って、とんぼ返りで帰ろうかと思ったくらいだ。だが
そのときには、ポリーの後ろには長蛇の列ができており、すぐ前の客がもうカウンターで支払いをしていた。ポリーはコーヒーと、ラップに包まれたプラスチックでできたようなサンドイッチを買い、すでに五人の客がいるテーブルについた。二人の幼児を連れた二十代とおぼしき女性、不格好な帽子をかぶった年配の女性、それにブリーフケースを持ったビジネスマンが三人だ。ビジネスマンたちは低い声で話をしており、ポリーには目もくれなかった。若い母親は、子どもたちが泣きわめくのもかまわず、悠々とコーヒーを飲んでいた。唯一、年配の女性だけがポリーを一瞥《いちべつ》したが、それだけだった。ポリーは味のしないコーヒーを飲みながら、心ならずもサムのことを考えた。明日は彼の結婚式だ。そのとき不意に、明日はもともとジョゼフとジェーンとランチを食べるはずの日だったことを思いだした。きっとあの二人は、ランチの代わりに式に参列するのだ

ろう。いくらこぢんまりした式であっても、参列者が誰もいないはずはないのだから。

最新はやりのウエディングドレスに身を包み、サムと並ぶディアドレの姿が脳裏に浮かんだ。あまりにありありと思い浮かべてしまったものだから、目が涙でちくちくした。わたしは何てばかだったのだろう。看護師など目指さず、ギリシャ語とラテン語に専念していればよかったのだ。行儀が悪いとは思ったが、ポリーは音をたてて鼻をかんだ。

三人のビジネスマンが席を立とうとテーブルを片づけ始めたが、ポリーは目もくれなかった。そこへ、サムの声が優しく耳に届き、ポリーは一瞬、夢でも見ているのかと思った。

「テーブルの上の代物は何だい?」

「サ……サンドイッチよ」

サムはサンドイッチを手に取り、しげしげと眺めた。「新聞に苦情の投書をしたほうがよさそうだな」

サムはそう言って、年配の女性にほほえみかけた。女性はあっけにとられ、思わずほほえみかえした。

「ベントレーが駐《と》めてある」相変わらず幼児が泣きわめいていたが、サムは平気な顔で言うと、ポリーの震える手を取った。「僕は戻ってくると言っただろう、かわいいポリー」

ポリーは返す言葉を探しあぐねて、茫然とサムを見つめていた。かすかな笑みを浮かべ、じっとこちらを見つめるサムの顔には、疲れたしわが刻まれている。

「サム」ポリーはおずおずと口を開いた。「疲れ切った顔をしているわ。ひょっとして徹夜をしたのではないの? 明日はあなたの結婚式なのに。それに、どうしてこんなところにいるの?」

その言葉を口にするのはつらかったが、いったん口にしてしまうと楽になった。

「違う。明日は、僕たちがジョゼフとジェーンにランチをごちそうする日だ。忘れたのかい？」

「でもディアドレの話では……」ポリーは言葉を切り、はっとしてたずねた。「どうしてわたしがここにいるとわかったの？」

年配の女性がわずかに身を乗り出して聞き耳を立てているのにはかまわず、サムは続けた。

「君のお母さんに聞いたんだ。愛するポリー、ディアドレと僕は、ダイアナが結婚する前に婚約を解消していたんだ。でも、ダイアナの晴れの日を台なしにしないように黙っていたんだよ」サムがもう片方の手も取って、優しくほほえみかけてくれたので、ポリーは心がほぐれてくるのを感じた。「ディアドレと結婚できないことは、ずっとわかっていた。あの春の坂道で君に出会い、コーヒーを飲んで休憩したらどうかと言われたとき、僕は恋に落ちたんだ」

「でも、わたしはこれからスコットランドに行くのよ……」

「今度、二人で行こう。スコットランドならハネムーンにうってつけだ」教授は、耳をそばだてている年配の女性に、ちらりと目をやった。「そうは思いませんか、マダム？」

女性はびっくりした顔になった。「わたしにおきになってるの？　ええ、もちろんですとも。スコットランド以上にいい場所は思いつきませんわ」

年配の女性はしぶしぶ立ち上がり、もう一度だけこちらをふり返ってから、人込みの中に姿を消した。ポリーはくすくす笑った。「サムったら。初対面の人にいきなりあんなことをたずねるなんて」それから大事なことを思い出した。「あなたは、わたしが看護師にはならないと言ったわ。あれは、どういうことだったの？」

「もちろん君は看護師になどならないさ。君は僕の世話を焼いたり、子どもたちを育てたりするので手一杯になるはずだからね」

「でも、あなたはわたしのことがきらいだったでしょう？　自分でもそう言っていたじゃないの」

サムは身をかがめ、優しくポリーと唇を重ねた。その様子を、若い母親がまじまじと見つめていた。

「たしかにそう言った。でも本当は、僕は苦しいほどに君を愛していたんだ。しかも、日を追うごとにそれがひどくなる。最初は自分でも信じられなかった。だから不機嫌で冷淡なそぶりを装っていたのさ」サムは静かに告白した。「僕はずっと、君を失うことが怖くて仕方がなかったんだ、ポリー」

「ポリーはむせたような笑い声をあげた。「愛《いと》しいサム、わたしも最初はあなたがきらいだったわ。でもそのうちに、あなたを愛していると気づいたの」

「それで、看護師になって僕のことを忘れようとしたんだね？」

若い母親は、灰皿に吸いさしのたばこを押しつけると、泣きわめく二人の幼児を引きずるようにして立ち去った。

ポリーは自分の手を優しく握る、がっしりした大きな手を見下ろした。「あなたのことは、どうしたって忘れることができなかったわ」ポリーは静かに言った。

ポリーの手を握る教授の手に力がこもり、ポリーはわきあがる喜びを感じた。

「静かなところで二人きりになれるまで、これでがまんしてほしい」サムはポリーの肩に腕を回し、力強く抱き寄せると熱烈なキスをした。

「サム」ポリーは弱々しく抗議した。「ここは駅の真ん中なのよ」

サムは辺りを見回した。「そのようだね。でも君のいるところなら、僕にはどこだって天国だ」あまりにもうれしいその言葉に、ポリーもキスを返して応《こた》えた。

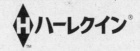

ハーレクイン・イマージュ　2010年4月刊（I-2089）

不機嫌な教授

2024年6月20日発行

著　　者	ベティ・ニールズ
訳　　者	神鳥奈穂子（かみとり　なほこ）
発 行 人	鈴木幸辰
発 行 所	株式会社ハーパーコリンズ・ジャパン 東京都千代田区大手町 1-5-1 電話 04-2951-2000（注文） 0570-008091（読者ｻｰﾋﾞｽ係）
印刷・製本	大日本印刷株式会社 東京都新宿区市谷加賀町 1-1-1
表紙写真	© Max5799 ｜ Dreamstime.com

ISBN978-4-596-63514-3 C0297

ハーレクイン・シリーズ 6月20日刊 発売中

ハーレクイン・ロマンス
愛の激しさを知る

乙女が宿した日陰の天使	マヤ・ブレイク／松島なお子 訳	R-3881
愛されぬ妹の生涯一度の愛 《純潔のシンデレラ》	タラ・パミー／上田なつき 訳	R-3882
置き去りにされた花嫁 《伝説の名作選》	サラ・モーガン／朝戸まり 訳	R-3883
嵐のように 《伝説の名作選》	キャロル・モーティマー／中原もえ 訳	R-3884

ハーレクイン・イマージュ
ピュアな思いに満たされる

ロイヤル・ベビーは突然に	ケイト・ハーディ／加納亜依 訳	I-2807
ストーリー・プリンセス 《至福の名作選》	レベッカ・ウインターズ／鴨井なぎ 訳	I-2808

ハーレクイン・マスターピース
世界に愛された作家たち
～永久不滅の銘作コレクション～

不機嫌な教授 《ベティ・ニールズ・コレクション》	ベティ・ニールズ／神鳥奈穂子 訳	MP-96

ハーレクイン・プレゼンツ作家シリーズ別冊
魅惑のテーマが光る
極上セレクション

三人のメリークリスマス	エマ・ダーシー／吉田洋子 訳	PB-387

ハーレクイン・スペシャル・アンソロジー
小さな愛のドラマを花束にして…

日陰の花が恋をして 《スター作家傑作選》	シャロン・サラ 他／谷原めぐみ 他 訳	HPA-59

文庫サイズ作品のご案内

◆ハーレクイン文庫・・・・・・・・・・・・・・毎月1日刊行
◆ハーレクインSP文庫・・・・・・・・・・・毎月15日刊行
◆mirabooks・・・・・・・・・・・・・・・・毎月15日刊行

※文庫コーナーでお求めください。

Harlequin 45th Anniversary

祝ハーレクイン
日本創刊
45周年

大スター作家
ダイアナ・パーマーが描く

〈ワイオミングの風〉シリーズ最新作！

この子は、
彼との唯一のつながり。
つまで隠していられるだろうか…。

秘密の命を抱きしめて

(PS-117)

親友の兄で社長のタイに長年片想いのエリン。
彼に頼まれて恋人を演じた流れで
純潔を捧げた直後、
無実の罪でタイに解雇され、町を出た。

彼の子を宿したことを告げずに。

6/20刊

DIANA
PALMER